C T E R S
キモイ
リツが出す
粉砂糖が大好物の、
食いしん坊スライム。
名前に反して
愛らしい。
ジョスリン
ゴブリンに捕まっていたところを
リツに助けられた少女。
声が大きい。
八代《やしろ》 律《りつ》
本作の主人公。
仕事帰りにエレベーター事故に巻き込まれ、
死んでしまう。
ポンコツタッチパネルのせいで、
まさかのスキル「調味料」を得て異世界に転生。
サトウ
リツが手に入れた卵から生まれた、
メタル・ハーピーイーグルのヒナ。

ローザ
バールの街で家族とともに
宿屋を営む女性。
快活で面倒見がいい。
カリナ
ローザの娘で宿屋を
手伝う少女。
キモイと仲良くなりたがっている。
フェリペ
リツとともにバールの街へ
向かう商人。
珍しいものに目がなく、商売上手。
ユーシー
バールの街の掃除ギルド長。
穏やかな見た目に反して
ものすごく強い。

0　ここまでの話

マンションのエレベーター事故に巻き込まれ、死んでしまった俺――リツこと八代律《やしろりつ》は、転生の間にあった古いタッチパネルの不具合で、不本意ながら『調味料』のスキルを授かり種族・上位人族として年齢が十歳若返った身体で、異世界ラーディティラへと転生させられてしまった。

俺が意識を取り戻すと、そこは人が一人もいない大草原のど真ん中だった。

ようやく見つけた森では見たこともない魔物に襲われたが、調味料スキルで試行錯誤しながら塩や胡椒《こしょう》を投げつけ、撃退。

その後、森でゴブリンに襲われていた村娘、ジョスリンを助けたことからようやく人里へと到着。

リスタ村と呼ばれた村では、ジョスリンの父親で村長のカーターの家で世話になりつつ、トイレにいたスライムのキモイが勝手にテイムされてしまう。

順調に異世界に馴染《なじ》もうとしていた俺の前に立ちはだかったのは、エレベーター事故に巻き込まれる寸前に見た、子供の容姿をした存在Ａだった。存在Ａの策略によって、このリスタ村は大量のゴブリンによる奇襲を受けてしまった。

無事にゴブリンを撃退した俺だったが、存在Ａへの不安を抱えたままリスタ村の復興を手伝うのだった。

1　リッとマチルダ

ベッドの上で目覚め天井を眺める。

いまだにあのゴブリンの襲撃を乗り切ったのが夢のようだな。

腹の上で丸くなる相棒、キモイに視線を移す……こいつスライムのくせによく寝るな。

キモイを軽く突《つつ》くと、プルンと身体が揺れた。まだ眠っていたいのか、プルプルと揺れ停止した。

二度寝かよ。

リスタ村に加勢に来た騎士たちが村を去ってから、一週間が経った。

ゴブリン襲撃という大きな事件があったのにもかかわらず、こちらの世界の人は切り替えが早い。

これから訪れる雨季は、村の周囲にフォレストフロッグが大量に発生するため、討伐してその皮を売るために、今後二週間ほどで冒険者たちが集まってくる。その繁忙期に向けて、多くの村人が準備に日々忙しく取りかかっていた。

　騎士たちがリスタ村を去ってからほどなくしてマチルダは目覚めた。ゴブリン戦でなくなった腕は実に痛々しそうだが……今は順調に回復している。

　四肢をも生やすポーションを飲めば腕は治るとは分かっていても、ショックからかマチルダは数日間落ち込んでいた。今は現実を受け入れ、療養中だ。

金はかかるが治るのだから、大丈夫だろう。当の本人も、腕が治ったらこれまで以上に頑張って働くと宣言していた。

彼女の仲間であるライリーたち『銀狼《ぎんろう》の剣《つるぎ》』はマチルダを村に残し、例の四肢を生やすポーションを手に入れるべく、数日前に村を出立した。

マチルダは俺と同様、今はカーターの家で世話になっている。

しばらく天井を見ながら今後のことを考えていたが、とりあえず腹が減った。キモイを軽く揺するが無反応だ。

「キモイ、いい加減に起きるぞ」

声をかけても無反応……。

「粉砂糖――」

ビシッと蝕手が上がる。本当に欲に忠実だな……。

元気良く起きたキモイが床で飛び跳ねると、床が大きく軋《きし》む音がした。

「おい！　マチルダがまだ寝ているかもしれないだろ！　飛び跳ねんな」

注意をすればやめるが、目を離すと今度はズリズリと床を這《は》い始めたキモイ。

これはキモイなりの気遣いかもしれないが……やっぱりうるさいので粉砂糖をまぶした朝食を食べさせ、外で遊ばせる。

「キモイ、柵の外には出るなよ！」

外の鳥を追いかけることに熱を上げているキモイを注意するが、あいつのスピードではどうやっても一羽も捕まえることはできないだろうな。

「キモイ、俺は家の中に入るが、もう少し遊んでいくか？」

理解したのか知らないが、蝕手を高く上げ返事をするキモイに手を振り、家の中へと戻る。

今日は、カーター家の全員が早朝から出かけているようだ。台所には朝食のパンとシチューが準備されていた。


朝食を食べ、マチルダの朝食をトレーに載せて部屋へと運び、軽く声をかける。

「リツだ。起きているか？」

「え？　うん」

「朝食を持ってきた、入っていいか？」

「え？　ダメだって」

中からは焦ったマチルダの声が聞こえた。これは時間が必要なのだろうとしばらく扉の外で待つが……一向に入室の許可が出ない。

もしかしたら何か手伝いが必要なのか？

切断した腕の傷は、銀狼の剣のヒーラー、オル爺《じい》が塞《ふさ》いだが、俺の鑑定では重傷の表示のままだった。マチルダが言うには、普通に行動できるし、身体の痛みもないという。鑑定の基準が不可解ではあるが、不親切なシステムなので仕方ない。

部屋の扉を優しく叩き問う。

「大丈夫なのか？」

「……大丈夫じゃない」

諦めたようなマチルダの返事があった。

「入っていいか？」

「……うん」

部屋へ入ると、後ろを向いたままのマチルダの背中が露《あら》わになっていた。着替えようとして失敗したのか、袖が背中部分で絡まってしまったようだ。

マチルダがモゾモゾと動くが、余計に服の絡まりを強くしてしまう。

「待て待て。動くなって。今、直す。触るぞ」

「……分かった。お願い」

下着もつけていない状態のマチルダの声は、恥ずかしさからか、かろうじて聞こえるほど小さかった。

「袖のボタンが服の糸に絡まっているようだ。少し服に手を入れるぞ」

恥ずかしそうに頷いたマチルダの背中に手を入れ糸を取ろうとするが、思ったより絡まっている。

さらに奥に手を入れると、マチルダの背中に俺の冷たい手の甲が思いっきり触れてしまう。

「ひゃっ」

「悪い、わざとじゃない。大丈夫か？」

「うん……大丈夫」

マチルダは耳まで真っ赤になって下を見た。

日本だったら、マチルダはまだ女子高生の年齢だ。これは恥ずかしいだろうな。早く終わらせてあげたいが、複雑に絡まった糸に苦戦する。

少ししてやっと糸が解《ほど》ける。

「なんとか取れたぞ」

「……助かった。ありがとう」

マチルダは、目を合わせずに礼を言うと、そそくさと服を整えた。

以前より警戒心は削《そ》がれ愛想は良くなったが、今回はさすがに恥ずかしいようで表情は硬い。

さっさと場の雰囲気を変えよう。

「朝食、食べるか？」

「うん」

マチルダは左手でスプーンを握るとゆっくりとシチューを食べ始め、こちらを上目遣いで見上げた。これはあざといのか天然なのか、いまいち判断がつかない。

「どうした？」

「……パンをちぎってほしいです」

「あ、ああ、もちろんだ」

確かに一番大きいパンをトレーに載せていた。このサイズでは齧《かじ》りつくこともできないな。

「ほら、これでいいか？」

「うん。ありがとう」

　俺がちぎったパンを、マチルダがシチューに浸《ひた》しながら食べ始める。食欲はあるようだが、怪我《けが》で弱気なのかマチルダがやけに素直だ。それもあって今日は随分《ずいぶん》幼い印象がする。

「俺は今から出かけるが、食べ終わった食器は横のテーブルに置いてくれていいから」

「食器くらい下に運べる」

「パンもちぎれないのにか？　無理すんな」

　マチルダは数日前に、筋力が衰えるからトレーニングすると部屋で軽く動いただけで体調が悪くなっていた。食器を運んで階段から落ちたりしたら、たまったもんじゃない。頼むから大人しく療養してくれ。

　マチルダに大人しくしているよう念を押し、再び外へ向かう。

　キモイは蝶《ちょう》を追いかけるのに必死のようで、こちらにはまだ気づいていない様子だった。

「もう少し遊ばせるか」

　大きめの石の上に腰をかけ、しばらく蝶を追いかけるキモイを眺めながらここ数日に起きたことを考えた。

　騎士たちが滞在している間に、ゴブリン襲撃で亡くなった者の弔《とむら》いは村全体で済ませた。アンデッドゴブリンの件もあったので、今回亡くなった人間がアンデッドになることを恐れ、遺体は全て火葬された。熱帯的気候の南部の辺境では元々火葬が一般的なようで、誰も異を唱える者はいなかった。

騎士が配ったポーションや、オル爺を始めとするヒーラーのおかげもあるだろうが、怪我が治って生き残った冒険者はそれぞれすぐに出立、その中には一緒に戦ったカイラの姿もあった。

カイラとの別れ際に「またどこかで会いましょう」と言われたが、スマホなどのツールはないので、実際にまた会える保証はない。冒険者ギルドを訪ねてほしいと言われたが……縁があればまた会えるだろう。

そんなことを思いながらボーッとしていたら、出かけていたカーターが家に戻ってきた。

「リツさん、おはよう」

「カーター、忙しそうだな」

「囲いの壁への被害は少なかったが、村人を失った分、やることも増えてしまったからな」

今日、ジョスリンと母親のメアリーは鶏《にわとり》のようなババードと、牛に似たゴーンという村で飼っている動物の世話をしているらしい。

ババードの世話をしていた爺さんはちゃんと生きているが、今朝、無理に荷物を運ぼうとして腰を痛めたらしい。あの爺さんはどうやら大人しくできないらしい。仕方ないので後で治療でもしてやるか。

ゴブリン襲撃前に逃げた者と亡くなってしまった村人を合わせれば、村の人口が減少しただけでなく戦闘力も以前より格段に下がってしまったとカーターがため息をつきながら言う。

騎士団のエドワードが、領主が被害状況を確認するために後ほど文官を送るだろうとカーターに伝えているのを聞いた。場合によっては支援金や義援金を配布して、新しい移住者の斡旋《あっせん》もしてくれるという。なかなか手厚い領主だ。

だが、文官に根掘り葉掘り調べられる前に俺はこの村を出立するべきだな。

エドワードは最後まで俺を騎士団に誘っていたから、領主にどんな報告をしているのかと思うと……目をつけられるのは避けたい。あれだけいろいろやって今さらな感じもするが……。まぁ、出立の日が来るまではリスタ村の復興を手伝いたいと思っている。

「カーター、俺にできることがあれば手伝う」

「ああ、それなら木材の調達をお願いしたい。木こりたちはまだ森で活動できるほど回復していない」

「木を切ってくればいいのか？」

「そうなのだが、使える木の種類がある。木こりをまとめている奴の二番目の息子はシェルターにいて無傷だったから、あいつを連れていくといい」

俺は木を切るだけで、残りは人を集めて運ぶとカーターに説明される。アイテムボックスを使えば持って帰ることができると思うが、さて、丸一本の木は入るのだろうか？　実際、アイテムボックスにどれだけの容量があるのか知らない。入れてみれば分かるか。

遊んでいたキモイを回収する。

「キモイ、行くぞ！　ん？　お前、蝶はどうした？　食ったのか？」

キモイが不機嫌な目で触手をピンと張り指す方を見れば、蝶が二匹ヒラヒラと舞っていた。

俺の頭に上ったキモイが凄《すご》い勢いで飛び跳ねる。

「分かったから、俺が悪かったから頭の上で飛び跳ねんなって」

普段なんでも食うくせに、なんで怒ってんだ？

カーターが笑いながら言う。

「仲がいい」

「これ、仲がいいのか？」

粉砂糖をキモイに渡すと、すぐに機嫌が直った。


その後、カーターに今日の案内役である木こりの息子を紹介される。

「リツだ。よろしく頼む」

「マーティンだ」

カーターと別れ、早速マーティンと一緒に森へ向かう。

マーティンはまた十三歳の少年で大人しそうな感じだが、森のあちこちにあるゴブリンの爪痕をものともせず、慣れた足取りで目的地へと進んだ。

森を歩くこと十数分、マーティンの足が止まる。

「ここだ」

辺り一面に聳《そび》え立つ木々を鑑定すれば、シーダナットウッドと表示された。

「この木、普通はどうやって切っているんだ？」

マーティンは、俺に木こり作業ができるのか疑うような、若干腑《ふ》に落ちないという表情で説明を始めた。素人なのでそこは許してほしいところだ。

マーティンの説明する木の切り方は、どう考えても数人で処理するべき仕事のように思える。普通だったら俺とマーティンだけで行える作業とは到底思えないが、風魔法ならなんとかならないこともない……のか？

「村長がリツさんなら一人でも木が切れるって言うから……運ぶのは後から人が来るが、本当に切れるのか？」

マーティンがやや懐疑的に尋ねた。カーター、俺を過大評価しすぎだろ。

「まぁ、やってみる」

目の前にあるシーダナットウッドを見上げる。高さもあるが幹も太い。ひとまず、小さい木で練習しようかと思ったが、マーティンに止められる。

「それは、まだ若いからダメだ」

「そ、そうなのか」

「あそこの木だったら、大丈夫だ」

切ってもいいと許可が出た木を見上げるが、十メートルほどの高さがありそうだな。マーティンは伐採可能な木の中で一番小ぶりなのを選んでくれたのだろうが、それでも俺の中では十分大きい。

とりあえずやってみるか。話はそれからだ。

「マーティン、少し下がってくれるか？」

「スキルを使うのか？」

「ああ、少し制御が難しいから念のために離れていてくれ」

マーティンを避難させ、風魔法の刃風《じんぷう》を唱える。出てきた風の刃が木の幹を抉《えぐ》るように貫通する。

「ティンバー！」

マーティンが遠くから大声で叫ぶが、ティンバーってなんだ？

木はというと思ったより簡単に切れ――

「うわっ、危ねぇ」

ミシミシと音が聞こえたと思ったら、すぐに木がこちらを目がけ倒れてきた。ギリギリのところで無事に避けたが、倒木時の衝撃で葉っぱと土埃《つちぼこり》が辺りに舞う。キモイが楽しそうに舞う葉っぱを集める間、口に入った葉っぱを吐き出す。

木を切ったその後に起こる『倒れ』を一切考えていなかった。馬鹿か俺は。マーティンが叫んでた理由はそれだったのか。

マーティンが急いで駆け寄ってくる。

「おーい。大丈夫か？」

「マーティン、声がけしてくれてありがとうな」

「いや、それよりもリッさんのスキルの威力が凄い。一度の使用ですぐに木が倒れるとは思わなかった。父さんたちが聞いたら呆れそうだ」

素人の木こり作業なんて叱責されるだけだろうと思うが……刃風も一回での使用で済むのなら、

数本は切れそうだな。

「木はあと何本必要なんだ？」

「この大きさならもう一本は欲しい」

二回目の木こり作業はスマートにいこうと試行錯誤したが、結局は刃風を出した後に即座に逃げるという方法で、無事に必要な分の木は揃《そろ》った。

「人を呼んでくる」

「マーティン、待ってくれ。もしかしたら俺のアイテム――バッグに入るかもしれない」

「この大きさが？　本当か？」

やや不安だったが、アイテムボックスに木を放り込んで確認する。

【アイテムボックス】　シーダナットウッド×1

「普通に入ったな」

「あんな大きな木がアイテムバッグに入ったのか？　そんなの見たことない」

隣でマーティンが驚きながら目を丸くする。

もう一本のシーダナットウッドも無事にアイテムボックスへ入れたところで、村へと戻った。

アイテムボックス様様だ。

◆　◆　◆

　村に戻り、アイテムボックスからシーダナットウッドを取り出すと、肩を痛めて待機していたマーティンの父親が驚きながら尋ねる。

「これを二人で切ってきたのか？　この短時間にか？　本当か？」

「間違いなくリツさんが切った。父さんが見たら呆れるような方法で伐採したけど……」

「いや、どんな切り方でも助かる。リツさん、感謝する。あとは任せてくれ」

　マーティンの父親が手が空いている者を集めると、持ち帰った木はあっという間に枝払いと玉切りが行われた。

　作業の終わったおっさんの一人が声をかけてくる。

「あんた木こりにならんか？　こんな綺麗な切れ目は久しぶりに見たわい」

「俺はただの手伝いだ。必要ならまた切るが、スキルが働いているだけで俺に木こりの才能はないと思う」

「そうか、それは残念だな。まぁ、あんたがこの村に定住してくれたら嬉しいんだがな」

「……そう思ってくれるのはありがたいが、俺にもいろいろやらないといけないことがある」

　存在Aが今回の件のように俺に対して攻撃的な限り、どこかへ定住するのは迷惑がかかるだけだ。それに、あの女子大生をどうにか助けてあげたいというお人よしな気持ちもある。存在Aをどうにかぶっ殺すことができれば全て解決しそうだがな。あいつ、殺せるのか？　今はレベル上げを頑張るしかねぇな。

　木こりのおっさんは残念そうにしていたが、理解してくれたようで木材が手に入ったことを再び感謝された。

　やることもなくなったので木こりたちと別れ、カーターの家に戻ると、外の畑に水を撒《ま》いていたジョスリンが大きく手を振る。

「リツお兄ちゃん、キモイちゃんお帰り！」

「ああ、ただいま」

　キモイが頭の上からスルスルと降り、ジョスリンの元へと向かう。キモイはジョスリンとは仲良くなったようで、少しなら触られても平気になったようだ。

「ここの水撒きが終わったら今日のお手伝いは終わりだから、リツお兄ちゃん待ってて」

　ジョスリンが急いで畑に水撒きをすれば、キモイがそのモノマネをする。キモイがこんな人の真似のような行動をするのは初めて見た。

　二人の間を舞う蝶がジョスリンの指に止まると、キモイが触手を伸ばしたのでジョスリンに注意される。

「キモイちゃん、この前みたいに食べるのはダメだよ」

　キモイ……今朝は偉そうに蝶を食ってない素振りをしていたが、やっぱり食ってんじゃねぇかよ。

　ジョスリンの注意を理解したかは知らないが、キモイがプルンと身体を揺らしながら触手をゆっ

くりと伸ばすと、ジョスリンの指からヒラヒラと飛んだ蝶がそこに止まる。

　キモイが蝶を食ってしまうんじゃないかと心配だったが、杞憂《きゆう》だった。キモイは丸々とした目で蝶を見つめるだけだった。

「リツお兄ちゃん。キモイちゃん、偉いでしょう？」

「そうだな……」

　こいつは慈《いつく》しみを学習しているのだろうか？　不思議な生物だ。今まで見た他のスライムは餌《えさ》を求めて動くだけで、キモイのような知性はない。名づけが関係しているのか？　魔物に懐かれている他の奴と、いつか情報交換がしたいな。

2　雨季

　数日後、リスタ村の雨季の訪れは前触れもなくやってきた。

　その日はいつもと同じように朝からレベル上げのために森に向かったが、魔物を見つける前にスコールのような雨に急に降られてしまった。仕方ないので雨が止むまで抉れた巨大な木の幹の中に、キモイと避難する。

「これ、止むよな？」

　キモイが触手を伸ばしながら雨を触ろうとするが届かず、プルンと身体を揺らしながら鳴く。

「キュイ」

「今の鳴き声、お前か？　なんだ、雨に触りたいのか？　好きにしたらいいだろ」

キモイは頭の上から地面に飛び降り、ピョンピョンと外へと飛び出し触手を広げると雨を全身に浴びた。普通に気持ち良さそうだな。

水属性スライムだからやはり水が好きなのか？　一人、外で日光浴をするかの如く雨に打たれながら、テンションが上がったのかいつにも増して謎な踊りを披露し始めた。

キモイの踊りを横目にステータスの確認をする。

［ヤシロ　リツ］　21歳　上位人族
ＬＶ：28
ＨＰ：80（＋50）
ＭＰ：140
ＡＴＫ：40（＋50）
ＤＥＦ：20（＋50）
ＬＵＫ：26
スキル：【治療】【生活魔法】【索敵】【鑑定Lv４】【風魔法Lv４】【調味料Lv６】
上位人族スキル：【言語】【アイテムボックス】【能力向上】

ここ数日は森でレベル上げをしたが、ゴブリン襲撃のせいか村周辺に魔物は少なく、索敵で探すのに苦労している。昨日は遠出までしてやっとレベルを二つ上げた。ＨＰに5、ＭＰに10、それからＬＵＫに5ポイントを追加した。

試しにキモイにも一角兎を数匹討伐させてみたが、レベルは上がらず3のままだった。もっと強敵を倒せば上がるのだろうが……そんなことをしたら万が一の事態にもなりかねない。一応こいつが心配なので、キモイはゆっくりとレベルを上げていく予定だ。

【キモイ（1）】　超超良好　3

超超良好……雨のおかげか？　キモイ、お前、粉砂糖よりご機嫌になることがあったんだな。

木の幹で雨宿りして二十分ほど過ぎたが、雨は止む気配が全くなかった。地面はすでに絡みつくようなペースト状になっている。

これはダメだな。止んだとしても今日のレベル上げは危険だな。

仕方ない。村へ戻るか。

まだ雨の中で遊びたいと駄々をこねるキモイを回収。

雨の中、早足で村へと戻るとカーターの家へと飛び込む。

俺の帰りを窓から覗いていたジョスリンが、急いで二階から下りてくる。

「リッツお兄ちゃん、大丈夫？　はい、タオル」

「助かる。ありがとな」

ジョスリンから受け取ったタオルでずぶ濡れになった身体を拭く。

キモイが頭から降り、こちらに背を向け閉じた表の扉を見つめフルフルと揺れる。

「キモイ、まだ遊び足りないのか？　はぁ、仕方ねぇな」

表の扉を開けるとピョンピョンと嬉しそうにキモイが外へ走り出す。後ろをついていこうとしたジョスリンを止める。

「ダメに決まっているだろ。外を見ろ。さっきより雨が酷《ひど》いだろ」

「私もキモイちゃんと遊びたいのに～」

頬を膨らませたジョスリンを無視して、雨の音にかき消されないよう大声で叫ぶ。

「キモイ、気が済んだらちゃんと中に入ってこいよ！」

キモイはこちらを見向きもせず謎の踊りを始める。あいつ、聞こえているのか？

「私がスキルで伝えるね」

「あ、待て――」

「キモイちゃーーん。遊び終わったらおうちに帰ってきてねー！」

ジョスリンのスキル大声が間近で炸裂。ああ、くそ。大声のせいで耳がキーンと響いて頭が痛《い》てぇ。

「ジョスリン！　家の中でスキルは使わない約束だったでしょ！」

大声を聞きつけたメアリーに怒られたジョスリンがしょんぼりしながら、耳に治療をかける俺に謝る。

「ごめんなさい。声は抑えたつもりだったんだけど……」

「あれでか？　もう武器だな」

「うん！」


カーターにも怒られたのか、暗い表情で皿の上のつけ合わせのパンをいじるジョスリンに声をかける。

夕食の席に着くのと同時に、カーターがジョスリンの大声の件で謝罪する。

「リッさん、娘が迷惑かけた」

「もう謝ってもらったし、耳も治した。次に気をつけてくれたら問題はない」

「うん。今度から気をつけるね」

ジョスリンの表情がパッと明るくなり、メアリーもカーターも半ば呆れ交じりの表情で自分たちの娘に微笑んだ。

カーターは毎日村を立て直すことで忙しく、一緒に夕食の席に着くのは久しぶりだ。今日はマチルダも俺の向かいの席に座っている。マチルダは欠損した片腕にも随分と慣れたのか、ここ数日は裏庭で鍛錬をしているのを幾度か見かけた。

キモイは小雨になったタイミングで家に戻り、遊び疲れたのか今は俺の膝の上で丸まっている。

メアリーが大きなフライパンから鶏の香草焼きをそれぞれの皿に載せる。

「それじゃ、食べましょう」

鶏の香草焼きをナイフで切り、口に入れる。

「美味《うま》い」

「ありがとう」

マチルダの香草焼きはメアリーが気を利かせ先に細かく切ったようで、一人でも問題なく食事はできている。

食事の中盤になると小雨になっていた雨が再び大きく音を立てながら降り始めた。カーターが窓から雨を眺めながら苦い顔をする。

「今年は雨季が来るのが少し早かったな。しばらく外での作業は厳しいな」

「繁忙期は大丈夫なのか？」

「ああ、冒険者はゴブリンの件で例年より少ないが、宿はもう満室だそうだ。まぁ、今年は村を出ていった奴らの空き家があるから、冒険者の宿泊にはそれを利用させてもらっているが」

ここ数日、村には冒険者や商人たちが集まってきていると思ったが、例年よりも数は少ないという。目的は例のカエル……フォレストフロッグだ。

デカいカエルを想像しただけでゾッとした。俺の強張《こわば》った顔に気づかずカーターが恐ろしい提案をする。

「リッツさんも参加してみるか？」

「何にだ？」

「もちろん、フォレストフロッグ狩りだ。今年は冒険者が少ない分、大物を狩れるチャンスだ」

聞けば、大物だとカーターの太ももまで大きさがあるカエルが過去には狩れたという。

もうカエルじゃねぇだろ、それ。ただのモンスターだろ。

どうにか断ろう。いや、絶対に断ろう。

「いや、俺はカエルはちょっと……」

「そんなに怯えるほど獰猛《どうもう》じゃない。子供も参加する狩りだから捕獲も簡単だし、結構いいお金になる」

マチルダが横から余計なことを言う。

どうにかカエル狩りに参加させられないよう反論してみたが、席に着いている全員になぜカエルが苦手なのか理解できないという顔で見られる。

「リツさん、カエルのシチューはとっても美味しいのよ」

メアリー、俺はカエルなんぞ食べなくてもこの先なんの支障もない。美味いとかそのような話ではない。見かけが受けつけないだけだ。

「リツお兄ちゃん、カエルが怖いの？」

ジョスリンが憐《あわ》れみを含んだ視線を俺に送りながら尋ねる。

「いや、怖いわけではない。見た目が嫌なだけだ」

「お父さんが苦手な食べ物は触れ合えば克服できるって言ってたよ」

「そ、そうか……」

「うん。だから、リツお兄ちゃんもフォレストフロッグ狩りに一緒に参加すればいいよ。大きいのは無理だけど、小さいのなら狩り方を私が教えてあげるよ」

「いや、俺は……」

結局押し切られ、フォレストフロッグ狩りに参加することになり、その晩は一人ベッドの上で自分のヘタレさを嘆いた。

3　カエル日和

とうとう訪れてしまった……カエル狩りの日。

早朝に目を開け、腹の上で丸まって眠っているキモイを起こした後に背伸びをしながら、部屋の窓を開ける。

「あー、外はどんよりしているな。まさに地獄の一日の始まりに相応《ふさわ》しい天気だな」

窓から見える道は舗装などされておらず、連日の雨で粘土質な泥になっていた。人通りはいつもより多く、見たことのない冒険者が数人歩いていた。ここ数日は索敵にもたくさんの人が映っており、村の人口は倍ほどになっていた。

あの冒険者たちもカエル狩りに向かっているのだろうな。撥《は》ね返る泥汚れを気にもせず楽しそうだが、これから狩るカエルの話で盛り上がっているのだろうか？

先日の夕食時のフォレストフロッグの会話後も、やんわりとカエル狩りに行きたくないということは伝えたが、ジョスリン、マチルダ、それにメアリーの中ではカエル狩りは決定事項であるかのように、予定が素早く立てられた。特にジョスリンは凄く楽しみにしているのが嫌なほど伝わってきた。

長く深いため息を漏《も》らす。

「グダグダ言っても逃げられない」

今日の目標はカエル一匹。さっと確保してすぐに退散すればいい。ただそれだけだ。

一階へ下りると、朝食の席にすでに着いていたカーターが挨拶をする。

「リツさん、おはよう」

「おはよう。他のみんなは？」

「もう朝食を済ませて、狩りの服装に着替えに行ったよ。リツさんも早く食べるといい」

「そうか……」

席に着き、朝食の卵とハムをパンに載せ口へと入れる。

カーターが茶を啜《すす》り外を見た後、爽やかな笑顔で俺と目を合わせる。

「雨が降りそうだ。今日はカエル狩り日和だな。聞いた話だが、昨日は若い冒険者パーティーが五匹もフォレストフロッグを狩ったそうだ」

「そうか……それは多いのか？」

「ああ。通常は多くても二、三匹だろうな。昨日からジョスリンも張り切って楽しみにしている」

二、三匹で多いのなら、一匹狩れば十分だな。一匹なら大丈夫だろう。引きつっていた笑顔を緩める。

そんな俺にカーターが尋ねる。

「そんなにカエルが苦手なのか？」

「まぁ、滑《ぬめ》りとか何を考えているのか分からない顔でピョンピョンと跳ねたりするのが、昔からどうも苦手なだけだ」

「そうか……今からでも別の人に頼んでもいいぞ」

カーターはそう言ったが、あれだけ楽しみにしているジョスリンに直前で行かないって言うのはさすがにヘタレムーブすぎる。

「いや、俺も曖昧《あいまい》な返事をしていたからな。ちゃんと参加はする」

「そうか。これは昨日冒険者に聞いた、フォレストフロッグがいる安全な場所を記した地図だ。今年は特に村に近い川に集まっているそうだ」

フォレストフロッグは水属性のスライムを餌としていて、川沿いや雨で自然にできた泉などの近くにいるらしい。

「水属性スライムのキモイを連れていっても大丈夫なのか？」

「ワームを単体で倒すほどの実力があるなら、フォレストフロッグなど足元にも及ばないだろう。それに……川を見れば分かるが、この時期は水属性スライムも大量に発生している。わざわざ人族や自分より強者を襲わずとも、川の中で口を開けていれば餌が入ってくる」

「そうか。情報をありがとう。助かる」

カーターに礼を言い、残りの朝食を食べてから、キモイと家の外で女性陣を待つ。

草笛を吹きながら女性陣を待つこと三十分。一向に出てこない。

着替えるだけだよな？　準備にどれだけ時間かけんだよ？

暇すぎて草笛でリズムを鳴らしていると、キモイが目を見開きながら草笛を凝視する。

「なんだキモイ？　草笛が欲しいのか？」

キモイに草笛を与えると、そのまま消化をしてしまう。草笛は吹くものだと教えたが、キモイはよく理解できなかったようで、俺の持つ草を蝕手で追いかけた。なんだか猫みたいだな。

「そもそもお前、肺はないんだろうから草笛なんか吹けないよなぁ。なんだ、草でもっと遊んでほしいのか？」

草を持ったまま手を止めていると、さっさと動かして遊ばせろとキモイに蝕手でペシペシと叩かれる。こいつ、本当にスライムか？

キモイとの草じゃらし遊びも飽きた頃に、ようやくメアリーたちが家の中から姿を現した。やっと出てきたか……。

腰かけていた石から立ち上がり尻についた汚れを払う俺に、メアリーが申し訳なさそうに謝る。

「リツさん、待たせてしまってごめんなさい」

「あ、いや。そんなには待っていない」

十分に待ったが、女子たちと三対一の状況で余計なことは口に出さないほうがいいだろう。とりあえず笑顔を見せる。

今日の三人は冒険者風の装いだ。まぁ、実際にマチルダは冒険者だからいつも通りだし、メアリーもゴブリン襲撃時と同じ格好だが、ジョスリンの冒険者姿はなんだか新鮮だ。

ジョスリンが上目遣いで尋ねる。

「リツお兄ちゃん。私のこの格好、似合っていない？」

クルリとその場でジョスリンが回りながら今日の装いを俺に見せる。

「ん？　もちろん、似合っているぞ」

「もう、なんか違う」

唇を尖らせながらそう言われるが、何が違う？　普通に褒めただけだろ？

家の扉の前に立つカーターに、出かける挨拶をする。

「リツさん、マチルダ、妻と娘をよろしく頼む」

「もちろんだ」

勇ましくカーターに返事したが、どちらかといえば女子の三人には俺を守ってほしい、カエルから。

カーターと軽く握手、手を離す直前にこっそり耳打ちをされる。

「リツさん、次回女性に装いが似合っているかを聞かれたら、絶対に服装をじっくり確認してから返事はしないように。即座に返事すれば大抵の女性は喜ぶ」

「そ、そうなのか？　分かった」

カーターが軽くウインクをしながら手を放す。俺がじっくり確認した間が、似合っているか似合っていないかを天秤に掛けたようでアウトなのか……。

ジョスリンの不満は理解したが……なんだよ、その暗黙の了解的な話は。

「それじゃ、出発しましょうか？」

「ああ、キモイほら、頭に乗っておけ」

キモイが頭に乗ると、メアリーを先頭にフォレストフロッグがいるという村に近い場所にある川へと向かう。

村を出てすぐに一旦ペースを落とす。

「歩きにくいんだが……」

俺の両隣を平行して歩くジョスリンとマチルダ、そしてなぜか足に絡まるキモイ。これが噂のハーレム――

「リツ、もう少しそっちに寄ってよ」

「おい、押すなよ」

「リツお兄ちゃん、疲れたら抱っこしてね」

「歩き始めたばかりだろ」

いや違うな。これはハーレムじゃねぇ。高校生と子供に囲まれてどこもなんにも感じねぇ。それに、キモイが変に足に絡まるせいで、俺はまるでトイレを我慢しているかのような歩き方だ。なんだこの状況……勘弁してくれ。

逃れようとしたが結局そのまま状況を受け入れ、先を進んだ。

「リツさん、もうすぐ目的の川に着きます。そろそろ、見えてくるはずですよ」

「ほら、二人にキモイ、もういいだろ。引っついていると危ないだろ」

ようやく自由になると目的地の川が見えてきた。前回トイレ用の水属性スライムを確保した川より、少し上流部分だ。ここは下流よりごつごつした小ぶりな岩が多く散乱している。

「この場所はすでに先客がいるわね。もう少し上流に向かいましょう」

メアリーが先に到着していた冒険者たちを確認しながら上流へと進む。冒険者たちは川から少し距離を取り、何かを待っているように水辺を凝視していた。

冒険者たちの視線の先を追うが、見えるのは大量のスライムだけで、どこにも肝心のフォレストフロッグの姿は見えない。

カエルはどこだ？　奴らの姿が見えず内心焦りが高まる。

カーターが脅しただけで、実際はそこまでデカいカエルじゃないのか？

それともどこかに潜んでいるのか？　一応鑑定をかけてみるか。

【フォレストフロッグ（0）】　良好　0
【フォレストフロッグ（0・1）】　良好　0
【フォレストフロッグ（0）】　良好　0

【フォレストフロッグ（0・2）】　良好　1
【フォレストフロッグ（0・1）】　良好　0
【フォレストフロッグ（0）】　良好　0
【フォレストフロッグ（0）】　良好　0

「うげっ！」

待て待て待て！　待ってくれ！　鑑定にはスライムに交じって大量のフォレストフロッグが表示される。岩だと思っていたもの、これ全部カエルじゃねぇかよ！

「これ、全部カエルなのか！」

思わず裏返った声で叫んでしまう。

「スキルを使ったの？　こいつらは擬態が得意」

マチルダが笑いながら近くの岩を突くと、岩が俊敏に逃げていった。

「うわっ。結構素早いな」

「大丈夫？」

「だ、大丈夫だが……まさか岩に擬態しているとは思わないだろ？　少し驚いただけだ」

「もう！　フォレストフロッグは岩に擬態することも、雨が降るとすぐ姿を現すから捕まえやすいってことも、夕食の時にみんなで話したよ」

隣にいたジョスリンが少し呆れた表情で説明をする。

バッと空を見上げる。頭上は今にも雨が降りそうな立派な曇り空だ。フォレストフロッグは雨の中でのほうが討伐しやすいと聞いたのは覚えているが、夕食の席でされていた、なぜ捕獲しやすいかという肝心の説明の部分は聞いていなかった。

冒険者たちから少し離れた場所でメアリーが足を止める。

「雨が降るまでここで待機しましょう」

待機して五分も経たないうちに、ぽつんと鼻先に雨が落ちる感覚がした。すぐにどこからかグバァとカエルの鳴き声が聞こえ、鳥肌が立つ。

「あ、雨だ。リツお兄ちゃん、一番大きいのを狙おうね」

「ああ……」

無邪気に笑うジョスリンに無表情のまま空返事をする。

ポツポツと降り始めた雨はすぐに鉄砲雨に変わり、激しさを増した。

マチルダが見ろと指差したほうに視線を移すと、先ほどまで岩だったものが徐々に色を変え始めた。フォレストフロッグだ。

「リツ、出てきたよ」

蛍光がかった真緑、黄色や青、いろんな色のデカいカエルが辺り一帯に姿を現し始める。

見た目は普通にアマガエルがデカくなった感じだ。

いや、意外と大きいカエルのほうが小さいのよりも平気そうだ。大丈夫だ。

だが、せっかく整えた平常心は、奴らが細めていた目をほぼ全匹同時に勢い良く見開いたことで崩れ去った。

「ヒィ」

「今です。行きましょう！」

メアリーのかけ声とともに俺以外の全員が颯爽《さっそう》と飛び出し、カエルたちの元へと走り出す。俺も少し出遅れたが、三人の後を追う。

ジョスリンが辺りにいた一番巨大なカエルに目をつけ、躊躇《ちゅうちょ》なく頭を棒で殴る。

「やった！」

ジョスリンに殴られたフォレストフロッグはひっくり返ると、手足をピクピクと動かし死んだように動かなくなった。マチルダとメアリーがカエルの喉を急いでナイフで貫くと紅血《こうけつ》の飛沫《しぶき》が噴き出した。

カエルの血って赤いのだな……。

「リツさん！　やりましたよ」

メアリーが血まみれで嬉しそうにカエルの身体の一部であろう何かを掲げながら手を振る。ジョスリンも誇らしげな表情で、俺に仕留めたカエルを近くで見ろと言う。

「私が仕留めたんだよ！　大きいでしょ！」

「あ、ああ。一番の大きさだ」

——今日さ……俺、いらなくね？

「次はリツお兄ちゃんの番だよ！　フォレストフロッグは頭を叩けばすぐにひっくり返るから。早くしないと逃げちゃうよ！」

そうジョスリンに急かされ、どのカエルを叩くかを吟味《ぎんみ》する。ゲップをするような鳴き声で合唱しながら川に向かい始めたカエルどもの後を追いながら、早く早くとメアリーにも急かされる。分かったから、そう急き立てないでくれ！

くそっ。もう、こうなったらどれでもいいだろ。早く狙いを定めて頭を殴ればいい。それだけで済む。

ふと、鑑定にまだ石に擬態したままのフォレストフロッグが表示される。

【極小フォレストフロッグ（4）】　良好　2

年齢とレベルが他のカエルに比べ高いのが気になったが、極小という名前通り他の奴らよりも五分の一ほどの小さいサイズだ。これなら行けるだろう。

握りしめた棒で思いっきり極小フォレストフロッグの頭を叩く。ボキッと音が鳴るとカエルを叩いた棒は真っ二つに折れ、手に振動が伝わった。

「おい！　痛《い》ってぇな。なんだこれ、硬《か》てぇな」

外見だけではなく、こいつら硬さまで石に擬態しているのか？　別のカエルを探そうとしたが、辺りにはすでに一匹もいなくなっていた。

「リツお兄ちゃん、何をしてるの？　フォレストフロッグ、川に潜っちゃったよ」

ジョスリンから初めて冷ややかな視線を向けられる。何気にショックだ。もう今日はいいだろ？　俺はヘタレ、もうそれでいい。カエル狩りは終了だ。

「リツ！　離れろ！」

マチルダの焦った声で先ほどの極小フォレストフロッグに視線を戻せば、そこには石の擬態が解けて黄色の蛍光色に黒の水玉模様が広がった皮膚で覆われた極小フォレストフロッグの姿が露わになっていた。

「ぜってぇ毒ガエルだろ、これ！」

黒翡翠《ひすい》のような黒とグレーを帯びた目玉が俺にロックオン、筋肉質の後ろ脚に力を入れ勢い良く極小フォレストフロッグが俺に向かって跳ねた。

「待て待て待て」

極小フォレストフロッグがそのまま俺の顔に飛びついた勢いで、後ろへと倒れる。

カエルの生々しくヌルヌルとした柔らかい腹が顔に押しつけられ、全身に悪寒《おかん》が走る。カエルを顔から引きはがそうとするが、がっちりと顔を掴まれ手こずってしまう。こいつ手の平に吸盤がついているのか？　なんだよこの吸い付きは！

もぞもぞとカエルが腹を俺の顔に擦りながら移動を始めると、その顎《あご》が目の前に現れた。

――最悪の悪夢が現実になる。

そもそも俺がカエルを苦手な理由、それは子供の頃に田舎の親戚を訪ねた際、ウシガエルに顔を擦られたことが原因だった。

極小フォレストフロッグがゆっくりと頭を下げ俺を見下ろす。心なしかこの状況を楽しんでいるように、勝利の雄叫びにも似た大きなゲップ音を何度も出す。

ゲップ音が鳴るたびに、カエルの口の端についている泡が顔に降りかかってくる。

――このまま気絶したい。

「リツ、大丈夫か！　今そいつを取ってやるから。ジョスリンも手伝え！」

「う、うん」

駆けつけたマチルダがジョスリンとともにカエルを掴み引き離そうとするが、片手のマチルダと子供のジョスリンよりも、極小フォレストフロッグのくっついた吸盤のほうが強力なようだ。

ジョスリンが何度も極小フォレストフロッグの頭を叩くがビクともしない。

カエルと目が合うとヌルッとした舌を出し、そのまま俺の口の中に挿入された。

「やめ――おふぉ」

カエルの舌で口がいっぱいになる。

カエルとのディープキス……おい！　待て！　この身体では俺は経験がまだない……ってことはこれが俺の初キスじゃねぇか！

「アーッアッアー（助けてくれー）！」

マチルダがカエルの首や腹を何度もナイフで刺すが、一向に離れてくれる様子はない。合流したメアリーも力の限りカエルを引っ張ってくれたが、俺の顔が伸びるだけだった。

「魔法で燃やせばいいかしら」

メアリーが恐ろしい提案をする。

「アーアアーアー！（そんなん、俺も燃えるだろ！）」

滑りと粘度の交じった生温かい舌が動く感触で何度もえずきそうになる。ヤバい、息ができねぇ。

「キュイ！」

転倒した時に川の中に落ちたキモイが、いつの間にか極小フォレストフロッグの頭の上から触手を高く掲げ、そのまま黒翡翠の目玉をくりぬいた。

目玉を失った極小フォレストフロッグは力が抜け、そのまま顔に覆い被さってきたので、カエルを掴み喉の奥まで達していたカエルの舌を口の中から引き抜いた。


（個体名キモイのレベルが1上がりました）


キモイのレベルアップの機械音が鳴る中、息をするのに必死で喘《あえ》ぐ。

「おえっ。キ、キモイ……ありがとうな……」

キモイを抱きしめると抉り取ったカエルの目玉を差し出される。目玉は硬く宝石のように輝いている。カエルの身体の一部だと考えなければ綺麗だ。

「リツ、大丈夫？」

カエルを何度も刺した返り血が滴《したた》るナイフを手に持ったマチルダが心配そうに尋ねる。

「大丈夫……だと思う」

キモイを抱いたまま小さく呟く。

口の中には忌まわしい初キスの生々しい感触がまだ残っている。これ一生思い出すやつじゃねぇか……特定の記憶を抹消するスキルとかねぇのか？

ジョスリンが不安そうな表情で魔法生成した水を入れたコップを俺の前に差し出し、励ましの言葉をかける。

「リツお兄ちゃん、お水飲む？　顔からカエルが取れて良かったね。大丈夫だよ。口周りは少し腫《は》れただけで怪我とかしてないよ」

「ありがとうな……」

ステータスを確認したが、特にＨＰにダメージはない。口も特に腫れた感触はないが、ジョスリンの水でうがいをして念のために治療をかける。内側には少し怪我をしていた。

メアリーが死骸と化した極小フォレストフロッグの足を持ち上げ、興味深そうに観察しながら言う。

「リツさん、凄いわ。これ、フォレストフロッグの珍しい極小の個体よ。実際に見るのは久しぶりね」

「そんなに珍しいのか？」

「姿をほとんど現さない種類よ。最後に捕獲されたのは三年前よ」

三年前に捕獲された同類のカエルは、緑と黒のマーブル柄で今回のより一回り大きい個体だったらしい。極小フォレストフロッグは成長とともに縮小と硬化を繰り返し、レベルが高くなるにつれはっきりした水玉模様が身体を覆うのが特徴だとメアリーに説明を受けた。

「これがあの幻のカエル？　話には聞いていたけど、実際に見るのは初めて。確か黒の水玉が綺麗な形のものほど高価だとライリーに聞いた」

「捕獲も困難だけど、長生きする個体はほぼ皆無と言われているのよ」

「これ、はっきりと黒の水玉模様が出ているから長生きした個体？　いくらで取り引きされるだろう？」

マチルダがカエルの水玉模様を指でなぞり目を輝かせる。

「キモイちゃん、お手柄だね！」

腕の中にいたキモイがジョスリンに向け触手をビシッと上げる。なんとなくだが、キモイが誇らしげに胸を張っているように見えた。

「それじゃ、カエルを全て回収して今日はもう引き上げましょう」

メアリーが手に持っていた極小フォレストフロッグをそのまま俺に渡そうとする。

いらねぇ……。

鑑定にはきちんとカエルの死骸表示は出ている。頭の上に移動したキモイがプルプルと揺れる。

そうだな。うん、そうだ。カエルはキモイの功績だ。

「キモイの獲物だ。食いたいなら食っていいぞ」

「ダメ！」

三人が声を合わせ叫ぶ。

売れば相当な価格で取り引きされるのにもったいないとメアリー、そしてマチルダに説教を受ける。ジョスリンには村に持ち帰って自慢するべきだと叱られた。

俺は正直、ただカエルの死骸をアイテムボックスに入れたくないんだが……。

「帰ったらお父さんに自慢するのが楽しみ！」

「ああ……」

仕方なくカエルをメアリーから引き取り、急いでアイテムボックスへと放り投げる。

「リツさん、今日はご馳走を作りますよ」

仕留めた他のカエルを運搬用の棒にくくりつけながら、メアリーが晩飯の話をする。

「いや、みんなのカエルも俺が持つから」

「いいの？　これ、肉がいい感じに乗っていて重量がありそうだから助かったわ」

メアリーがうっとりしながらカエルを叩く。

——まさか晩飯、そのカエルじゃねぇよな？

全員のカエルをアイテムボックスに収納、俺以外の三人は終始ホクホクとした表情でフォレストフロッグ狩りからカーター家へと帰宅する。

◆　◆　◆

三人のカエルをアイテムボックスから出して部屋へと戻り、ベッドへとそのまま倒れる。

「精神的に疲れた……」

今日の記憶は全て抹消したい……できないだろうが。

キモイが背中に乗り小刻みに揺れる。

「気持ちいいなぁ」

「キュイ！」

持つべきものはキモイだな。揺れが電動マッサージ機のようで心地よくなり、そのままウトウトと眠ってしまう。


ドアがノックされ目が覚める。外は夕暮れ前で日が沈みかけている。数時間寝ていたのか。ドア越しに遠慮気味にマチルダが声をかけてくる。

「リツ。起きてる？　夕食ができたって」

わざわざ呼びに来てくれたのか？

晩飯か……確かに二階にまで美味そうな匂いが漂っている。欠伸《あくび》をしながらマチルダに返事をする。

「ああ、今起きた。すぐに行く」

寝癖を直しクリーンをかけドアを開けると、俺の顔を見たマチルダが驚く。

「え？　それ大丈夫なの？」

「何がだ？」

「口の周り、濃い痣《あざ》ができているのだけれど……」

マチルダの持ってきた鏡で自分の顔を見れば、口周りを中心に顔のあちこちに内出血が広がっている。心なしか少し痒《かゆ》い。ステータスを確認するが特に何もダメージはない。だが、これではまるで――

「無数のキスマークみたい」

「頼むからこれ以上俺の精神を削らないでくれ」

治療をかければ、痒みは引いたが内出血の痕はうっすらと残った。

「さっきと比べると薄くなったかな。暗ければ見えないかもしれないけど、どうしても気になるなら隠す方法はあるわよ」

顔の痕を気にしていると、マチルダが部屋からコンパクトのようなものを持ってくる。

「なんだそれは？」

「ドーランよ。さ、座って」

「……化粧か？　いや、そこまでしなくて――」

「いいからいいから、早く」

押し切られるようにベッドに座ると、マチルダが俺の顔に白いドーランを塗り始める。前の人生を含め、今まで化粧などした経験はない。

マチルダは冒険者をしながらも化粧品を持ち歩くって、ちゃんと女の子なんだな。

油っぽいドーランの香りと感覚が気になり、途中経過を鏡越しに確認する。

「水疱瘡《みずぼうそう》の患者じゃねぇか……」

薄赤の痕が白い点に塗り替えられた顔を見ながら呟く。

「大丈夫。ちゃんとするから」

マチルダはそう言うとハケのような道具で俺の顔をなぞる。ハケが動くたびに顔がこそばゆく、くしゃみが出そうになる。ハケの動きが止まり、マチルダが俺の口元を凝視する。

「もういいか？」

「ええ。ほら、見て」

鏡に映る顔には、あったのすら分からないほど完全にまだらな痕が消えている。外見も特に化粧を施したようには見えない。これなら行けるだろう。

「マチルダ、すげぇな」

「そうかな……？」

「ああ、全く分からないぞ。助かった」

マチルダの口角が若干上がったような気がした。


一階へ下りると、カーターもすでに帰宅しておりテーブルを囲みながら親子で談笑していた。どうやら食事には手をつけずに俺を待っていたようだ。

「待たせてしまって申し訳ない」

急いで席に着き、メアリーが用意してくれた目の前のご馳走を見て止まる。美味しそうだが、微妙に鶏ではないので鑑定をしてみる。

【フォレストフロッグの串焼き】　良好
【フォレストフロッグのシチュー】　良好
【フォレストフロッグのハーブロースト】　良好
【フォレストフロッグのパスタ】　良好

やっぱりか！　並べられたカエル料理が美味しそうなのが余計に腹立つ。メアリーが作ってくれた料理だからさすがに食わないわけにはいかないだろ。

「それでは今日のみんなの成果に乾杯だな」

カーターがワインの入ったジョッキを上げ、乾杯の音頭を取る。俺も渡されたジョッキを上げ乾杯をした後にグビッとワインを飲み、喉を酸味の強いワインで潤す。テーブルに着いた俺以外の全員が我先にとカエル料理に手を伸ばすのを眺める。

見た目はちゃんと美味しそうだ……よし俺も食うか！

カエル料理を食うことへの気合を入れたところで、メアリーが俺のために用意したという一品をカウンターから運びながら申し訳なさそうに言う。

「リツさんのためにババードのハーブローストも焼きました」

「メアリー、ありがとう。わざわざ俺のためだけに作ってくれたのか？　なんだか、その、申し訳ないな」

「遠慮はしないで。今回大量のお肉を持ち帰ることができたのも、リツさんがアイテムバッグで運んでくれたおかげですから。普通は重たくて全ては持ち帰れないのよ」

大勢で討伐しているなら別だが、普通は高値で売れる皮や目玉、それから希少部位の美味い肉を持てるだけ運ぶという。確かにメアリーたちが仕留めたカエルは軽く百キロ近くはあったのではないかと思う。

因《ちな》みに脚部分が一番美味いらしい……。

「お母さん、私もこれ食べなくていい？」

ジョスリンが指差した野菜料理を鑑定すると、苦そうな名前のカブが表示された。

【ニガカブのソテー】　普通

「ジョスリン、何を言っているの？　好き嫌いできる余裕なんて辺境にはないわよ。それにニガカブはとっても身体にいいのよ」

「でもぉ……」

メアリーに怒られ、ジョスリンが俺をチラチラと見ながら駄々をこね続ける。隣にいるマチルダはなぜか責めるような目で俺を見ている。

確かに、俺だけ食わず嫌いオーケーの謎の免罪符があるのは理不尽だよな。

「俺もカエルを食うから、ジョスリンもニガカブをちゃんと食え」

皿に取り分けたカエルの串焼きはこんがりと焼かれ、実に美味そうに見える。

ごくりと唾を飲み、口にカエル肉を入れ咀嚼《そしゃく》して飲み込む。

「……美味いな」

その味は想像していたものとは全く違い、悔しいが普通に食える。淡白な肉なので味つけがしやすいのか、癖もなく鶏だと言われても分からない。それなのに後味には濃い旨みが残り、次の肉へと手が伸びる。

膝上にいたキモイがおこぼれをくれとバンザイをするので、カエル肉の塊を与えると満足そうにプルプルと震えた。

「キモイちゃんも気に入ったの？」

「ああ。ほら、ジョスリンの番だ。ニガカブを食え」

ジョスリンがニガカブのソテーを口に入れ渋い顔をする。

そこまで苦いのか？　試しにニガカブを口に入れ、一度咀嚼してそのまま飲み込む。確かに苦く癖のある味だ。これは苦瓜の味を濃くした感じだな。

俺が苦い表情をするのを期待しながらワクワクした顔で待っているジョスリンに、得意顔で言う。

「これは大人の味だな。ジョスリンにはまだ分からない味だな」

「子供じゃないもん。それなら私のニガカブも食べてよ」

ぷぅと頬を膨らませたジョスリンは拗《す》ねながら串焼きを頬張る。

カーターが笑いながらジョスリンの態度を軽く叱る。

「食事中なんだ。そんなにわがままを言ってはいけない」

「はーい」

平和な（？）食事が終了。ジョスリンは今日のカエル狩りで疲れが出たのか、食事の最後には椅子の上でゆらゆらと舟を漕いでいた。


食後にカーターが話があると言うので、ジョッキにワインを注ぎソファに移った。

「今日、リツさんにライリーから商人伝手《づて》で伝言を預かっている」

「そうなのか？」

どうやらこの国は商人に伝言を頼めるサービスがあるようだ。

「伝言は、ポーションの入手に予定より時間がかかっているのでリスタ村への到着が遅れるということだ。明確な予定の伝言はないが、数週間、下手したら一カ月の遅れは見ていたほうがいいだろう」

「分かった」

四肢が生えるポーションだ。その辺で簡単に買える物ではないだろう。マチルダも可哀想にな。その間は不便だろう。

俺はあと一カ月もこの村に滞在するか決めていない……。

俺の考えを先読みしたのか、カーターが言う。

「マチルダは自分たちが世話をするので心配しなくていい」

「ああ、可能な限り手伝うが、一カ月後もこの村にいるかは正直分からない」

「そうだな……寂しくなるが仕方ないな。ジョスリンもしばらくは落ち込むだろうが、まぁ大丈夫だろう。それまで仲良くしてやってくれ」

「ああ、もちろんだ」

　酒を追加して二人で乾杯する。

「それはそうと、今日は大変だったと聞いた。珍しい素材が手に入ったと村中で専《もっぱ》らの噂だった」

　カーターが笑いながらジョッキのワインを飲む。村中で専らの噂？　狭いこの村での噂は確かに早いが、それでも噂がそこまで行き届くのには早すぎる。

「まだ数時間しか経っていないのだが……そんなに噂になっていたのか？」

「ああ、それはジョスリンがな……リツさんの寝ている間に村中にその珍しい素材を自慢していたのだよ」

「そ、そうなのか？」

　あの時のか……。部屋に戻る前、カエル素材を手渡した時にジョスリンから極小フォレストフロッグの皮を貸してくれとお願いされて渡してはいた。カーターが言うにはジョスリンはスキルの大声で村中を一人パレードしながら極小フォレストフロッグの皮を見せびらかしたそうだ。

　あの娘は何をやっているんだ……。

「ああ。そのまぁなんだ。リツさんも災難だったな」

「それは……どこまで噂をされているのだ？」

「全部だろうな」

あの娘、マジで何やっているんだ！

極小フォレストフロッグを狩った時にすでに他の冒険者に目撃されていただろうから、噂は時間の問題だっただろうが。それでもあの大声スキルで俺の災難を言いふらす必要はないだろ……。

カーターが申し訳なさそうに苦笑いをする。

「なんだかすまないな」

「どうせそのうち脚色した噂になっていただろうから構わないさ」

「そう言ってくれて助かるよ。それでだな、その噂を聞きつけた商人が早速買い取りの交渉をしたいそうだ。村を頻繁に訪れるバールの街の商人だから、信用はできる奴だ。明日にでも交渉したいと申し出が入っているがどうする？」

カエルの素材が売れるのなら文句はない。カーターが信用している商人なら問題もないだろう。それに俺も商人に相談したいことがあるしな。

「こちらも相談したいことがあるからぜひ買い取りの交渉をしたい」

「……そうか。思ったより早い別れになりそうだが……これればかりは仕方ないな」

カーターが苦笑いしながら再びワインをジョッキに注ぐ。

存在Aのことがある以上、奴への対策ができるまで一カ所に留まるのは迷惑なだけだ。ライリーたちが村へ戻るまで待とうと思ったが、それもいつになるのか未定なら出発できる時にするしかない。

まずはバールの街に向かう予定だ。そこはライリーたちの拠点でもあるから、また会うこともあるだろう。

「俺もこの村は好きだがいろいろあって、世話になっておいてなんだが長居はできない」

「世話になったのはこの村だ。リツさんのおかげで娘も村も無事なんだ。感謝しかない。ジョスリンとメアリーには私から伝えておくことにする」

「よろしく頼む」

正直、そういう話をするのは苦手なので助かる。

4　リスタ村からの旅立ち

次の日、カーターの紹介で極小フォレストフロッグの素材を買い取りたいという商人と会う。

「コード商会のフェリペと申します。どうぞお見知りおきを」

「リツだ。よろしく頼む」

キモイがヒョコッと足の間から顔を出したが、フェリペは表情を変えずに話を続ける。

「村はリツさんの噂で持ちきりでしたので、実際に時の人と対面できること嬉しい限りです」

「は、はは……」

どの噂かは知らないが、カエルとのキッスの話でないことを祈る。

「それでは早速、極小フォレストフロッグの素材を拝見させていただければと」
「ああ、もちろんだ」
袋から出すふりをしてアイテムボックスから極小フォレストフロッグの皮、肉、目玉に手足を出すと、フェリペが素材を一つ一つチェックし始めた。
フェリペは三十代半ばの痩せ型の男で、顔にはそこまで特徴がないものの、手入れの行き届いたオリーブ色の長い髪を一つにまとめ横に流していた。華奢《きゃしゃ》な身体と髪の長さから遠目の初見では女性と勘違いしてもおかしくない人物だった。一応鑑定をしておく。

【フェリペ（37）】　良好　18

（鑑定のレベルが上がりました）

おお、ナイスタイミングだな。

【鑑定Lv5】
対象の名前
対象の状態
対象の年齢
対象のレベル

対象のスキル（1）

対象のスキル（1）か。ん？　1ってなんだ？　もう一度フェリペを鑑定する。

【フェリペ（37）】　良好　18　拍手

これ、スキル選びの時に一番くだらないと思ったスキルじゃねぇか。確か大きな拍手ができるとかいう内容だった。拍手の表示を押すと、以前と同じスキルの説明が表示される。

鑑定のスキル（1）は、スキルを一つしか見られないってことか。

キモイも鑑定をしておくか。ステータスのテイム表示にはキモイのスキルは出ていなかった。

【キモイ（1）】　良好　4　食い意地

これ、スキルじゃねぇだろ。キモイの食い意地が張っているだけだろ。食い意地を押しスキルの説明を読む。

【食い意地】　なんでも食べる

……誰かの見えない悪意を感じる。そんなのスキル表示されなくとも知っているわい！　膝の上で丸くなったキモイを撫でていると、素材のチェックが終わったフェリペが笑顔で買い取りの交渉を始める。

「どれもかなり状態のいい素材です。これなら全部で金貨六枚でいかがでしょう？」

「そんなにか？」

通常のフォレストフロッグは大体銀貨二、三枚で取り引きされるとカーターに聞いていた。銀貨十枚で金貨一枚だということなので、通常の二十倍以上の額だ。ゴブリンジェネラルの死骸が金貨十枚だったと思えば破格だ。

銀貨二、三枚でもこの村で家族がひと月生活できる額だ。道理でカエル狩りの時、メアリーたちを含め村人はあんなに嬉しそうにしていたわけだ。確かに村の繁忙期だ。

「これは滅多に市場に出ない素材なだけではなく、この目玉は二つとも傷一つない。査定額の内訳は目玉が金貨三枚、皮が金貨二枚、手足が銀貨五枚、肉が銀貨五枚です」

「分かった。それで取り引きを頼む」

交渉成立だ。フェリペから金貨六枚を受け取る。

取り引きした素材をアイテムバッグに入れながらフェリペが尋ねる。

「どのフォレストフロッグの目玉も、通常はくりぬく時に細心の注意を払っても傷がつくものなのですが……。失礼ながら、どのようにくりぬかれたかお尋ねしてもよろしいでしょうか？」

「ああ、それはこいつの手柄だ」

キモイを指差しながら言う。カエル狩りの場にはたくさんの冒険者がいた。どうせキモイの話も噂になっている。変に隠しても意味がない。実際、フェリペもキモイを見ても驚いた様子はなかった。すでに誰かから話を聞いていたのだろう。

「スライムとはまた不思議な魔物に好かれましたね。この個体は通常のスライムとは別種のようだ」

「そうなのか？」

「詳しくは魔物を鑑定できる者に尋ねるといいですが、見た目の色だけでも違いが出ています」

確かにキモイはレベルが上がるたびに濃い水色になっているような気がしたが、そこまで他のスライムを観察していたわけではなかったので、微々たる違いという認識しかなかった。

フェリペがあまりにも凝視するのでキモイが脇腹へと隠れる。

「おや、逃げられてしまった。心配しなくとも懐いた主人から引きはがそうなどと無謀なことは考えていないのだが」

「そんなことが可能なのか？」

「可能かと問われれば可能ですね。欲に駆られた権力者が懐いた主人から魔物を奪おうとした昔話の結末は大抵、魔物の抵抗が激しく失敗に終わります。危険だと排除された時代もありますが、それによって魔物が暴れ街が半分壊滅した事例も過去にはありました。以来、国から懐いた魔物には他者は干渉するべきでないという厳重な警告が出ています。まぁ、魔物が懐くなど稀《まれ》で珍しいから今では幸運と言われていますが」

「ま、街が半分壊滅？」

「随分昔の話ですよ。それに、あれは例外中の例外です。虹色モスという幻覚の類《たぐい》を見せる虫系の魔物だったそうで、普段は大人しい魔物なのですが……まぁ街中に幻覚を起こす鱗粉《りんぷん》を撒き散らしたせいで街の人が暴徒と化したという話です」

何が大人しい魔物だ。普通に恐ろしい魔物じぇねぇか。キモイがそうならないようにトラブルはできるだけ避けないとな。それにはレベル上げが必須だ。

交渉も終了したので、フェリペに相談したかったことを話す。

「フェリペさん、数日後にリスタの村を発ちバールに向かうと聞いた。可能なら荷馬車に一緒に乗せてもらいたいのだが……」

「フェリペで結構です。そうですね。この村を救うために残ったあなたならおかしなことはしないでしょうからいいでしょう」

フェリペは今回、リスタがゴブリンに襲撃されたことを聞き及び、三台の荷馬車を伴って村へ物資を運んできた。物資はすぐに全て捌《さば》けたので、フォレストフロッグを乗せても荷馬車には十分に余裕があるということだった。

足を確保できたことにホッとひと安心、フェリペに礼を言う。

「大変助かる。運賃はもちろん、手伝いが必要ならできる範囲になるが助力させてくれ」

「そうですね。護衛の冒険者はすでに雇っているため余程のことがない限り必要はないでしょうが……リッツさん、運賃ではなく別のもので取り引きはいかがでしょうか？」

「別のものとは？」

「お持ちになっているという粉の類です」

どうやらマチルダの仲間のリカルドの奴が、複数の箇所で俺は粉の売人だと吹聴していたらしい。

あいつ、本当に最悪だな。

「言っておくが、俺は変な売人ではない」

「心配しなくとも、そんな人だとは思っていないですよ。リカルドさんは変わった御仁だから、その辺は心配しなくとも……」

ありがたいことに噂の出所がリカルドだと知っているフェリペは俺が変な売人などとは信じていないようだ。調味料の粉ならハバネロパウダーか粉砂糖があるが、リカルド絡みならハバネロのほうだろうな。

最近は毎日のように就寝前に調味料を生成していたので、ストックはそれなりにある。調味料のレベルアップのバーもあと少しのところまで上がっている。

アイテムボックスに収納していたハバネロパウダーを少量出し、小皿に載せる。

「粉とはこの調味料のことだろうが、かなり辛いので味見をするのなら気をつけてくれ」

「これが噂の赤い粉ですか。ふむ、確かに面白い。それでは少々味見を」

フェリペが自前の薬匙《やくさじ》に少量のハバネロパウダーを載せ口に入れると、盛大に咳《せき》をする。

「だ、大丈夫か！」

「あ、ああ。想像以上に辛くて驚いただけです。これは食用よりも攻撃用に売れるだろうか……」

フェリペからハバネロパウダーはどれほど取り引き可能なのかを尋ねられる。正直、これを武器なんぞにされるのは避けたい。だが、時折取り引きをして小遣い程度の稼ぎになれば損はない。

「今は小袋が数個程度だ。また手に入れることは可能かもしれないが、武器にできるほど大量に仕入れるのは無理だ」

「なるほど。分かりました」

「少量だったら肉料理などと相性のいい調味料だ」

昨日の晩餐の残りの肉をメアリーに分けてもらっていたので、ほんの気持ち程度のハバネロパウダーを上に振りかけた。

ハバネロパウダーつきの肉を一口食べたフェリペが目を見開く。

「ああ、確かにこれならば美味いですね」

フェリペとハバネロパウダーの小袋を銀貨一枚で取り引きする。珍しい調味料のため、実際に販売後、売れ行きが良ければまた取り引きしたいとのことだった。

リスタ村からの出発は二日後の早朝となった。


フェリペとの話が終わり、カーターに村を出立することを伝える。

「二日後、そうか。寂しくなるな」

「長い間、本当に世話になった」

「昨日も言ったが、礼を言うのは私たちだ。リツさんはここを家だと思っていつでも帰ってきてくれ」

「……ありがとう。必ず、いずれまた訪れたいと思っている」

結局カーターの家には、一カ月以上世話になっていた。メアリーとジョスリンはもちろんだが、村の人とも馴染み始めたところだった。リスタの村との別れは後ろ髪を引かれる思いが強い。特にジョスリンとは、出会いから今まで一番一緒に時間を過ごした。

「妻と娘には今日の夕食前に伝える」

「そうか、分かった」

部屋に戻り調味料を生成する。出立前にカーター家に世話になった礼として調味料を渡そうと思っている。金はすでに拒否されているが調味料なら受け取ってくれるだろう。甘い物を食べるメアリーとジョスリンの顔を思い浮かべながら粉砂糖を多めに生成すると、いつもの機械音が頭の中に流れた。

《調味料のレベルが上がりました》

「やっとか！　今回は長かったな。どれどれ、何が増えたんだ？」

【調味料Lv７】　塩

胡椒
マヨネーズ
ハバネロパウダー
粉砂糖
鰹節《かつおぶし》
酢

　おお！　ついに、さしすせその軌道に乗ったか。酢に必要なＭＰは１。必要なＭＰの量はレベルに比例して上がるのかと思ったが、違ったようだ。ＭＰ１は何か得した気分だ。

　調味料の酢を唱えると、液体の酢が手にドボドボと流れ込み、指の間から床へと溢れ出した。酢のツンとした臭いが一気に鼻を襲い吐き気が込み上がる。

「ゲホッ、オエ。すげぇ臭いだな、これ」

　部屋中に酸っぱい臭いが充満したので、急いで酢をアイテムボックスへと収納する。

「驚きの臭いだったな、キモイ。お？　キモイ、どこだ？」

　先ほどまで頭の上でプルプルしていたキモイの感覚がなくなり姿も見えない。ベッドの下やら家具の裏を捜したが見つからず。どこ行ったんだ？

　地図を表示、キモイの位置を確認する。

「俺の真上……？」

顔を上げ天井を見るとべったりとキモイが張りついていた。

「お前、何してんだ？」

手をかざし、下りてくるように説得したが一向に言うことを聞かない。どうしたんだ？

「もしかして、酢か？」

まだ酢っぱさの香る手をクリーンすると、キモイが天井からペロッと剥がれ落ちてきた。無事にキャッチ、ブルブルと震えるキモイを優しく撫でる。

「酢の臭いにびっくりしたのか？」

酸っぱいものが苦手なのか？　それとも弱点か？　うーん。キモイのスキルはなんでも食べるという食い意地だから、酢も例外ではないと思うが……ハバネロパウダーも普通に食っていたしなぁ。嗜好《しこう》の問題か？

「キモイ、刺激臭にびっくりしたのか？」

キモイが酢を苦手なのか、それとも弱点なのかを確かめないとな。酢を使用するたびにどこかへ飛んで逃げられてしまうのも困る。それに酢で攻撃……などされるか分からないが、もし弱点なら対処法も考えておいたほうがいいだろう。

「今からちょっとだけ酢を出すからな」

酢を数滴、水の入ったコップに垂らす。数滴でもやはりツンと酢の臭いはしたが、水に混じると酢は薄くなり刺激臭はほぼ感じなくなった。まぁ、あくまでも俺は感じなくなったが……そもそもキモイに臭覚なんぞあんのか？

疑問は残るが、少し距離を取ったキモイにどうだとコップの中の酢水を見せると、ゆっくりとこちらに向かってきた。

キモイはコップの近くまで行くとまた少し距離を取った。ダメか。コップに水を足し床に置いて声をかけるとコップの真横まで来たキモイ。

「どうだ？　これもキツいか？　無理はすんなよ」

蝕手を伸ばしコップの中の酢水に触れたキモイは、すぐに蝕手を引っ込める。何度かそれを繰り返すうちに少し酢に慣れたのか、何度も酢水をツンツンし始めた。

これなら大丈夫そうだな。身体も特に溶けるとか変な異変はなさそうだ。

酢が害を及ぼすような弱点ではないということにひと安心。

コップを片づけようとしたら、酢水をしばらく眺めていたキモイがいきなりコップの中に蝕手を突っ込み、中身を全て吸い上げブルブルと全身鳥肌を立て身震いをする。

「おい！　誰も全部を飲めなんて言ってねぇぞ！」

身震いは収まったが全く動かなくなったキモイ。大丈夫なのか？　抱き上げようと近づいたら突然ジャンプ、俺の顔にべったりと張りつく。頭がキモイの中にすっぽりと埋まり、驚きで足を滑らせ背中から床へと転ぶ。

「ぶはっ。息が——あ？　普通に息ができるぞ」

なんだこれ？　キモイの身体に鼻も口も埋まっているが、呼吸も会話も可能だ。水中とは違う感覚だ。中はフワフワとはしているが濡れているとも溺れているという感じもしない。視覚も聴覚も通常とさほど変わらない。不思議だ。しばらくキモイの中を堪能する。

「キモイ、そろそろ離れてくれ」

ピョンとキモイが跳び頭の上へと収まる。

試しにもう一度キモイに頭を包むように頼むと、再び先ほどと同じようにキモイの中に顔が埋まる。

——これはいろいろと使えそうだが……。

「お前は大丈夫なのか？」

キモイが頭の上でピョンピョンと何事もないように跳ねる。大丈夫なのだろう。

急な行動は酢の副作用かと思ったが、酢を出さずともすっぽりキモイの中に埋まることができたので特に関係ないようだった。

実際は酢が苦手なだけだったようだ。酢水は酢の分量を変えながら何度か慣れるように試すと少しは平気になったが、結局大量の酢は苦手のようで、原液を出すとキモイは俺の服の中へと隠れてしまった。

◆　◆　◆

誰も言葉を発しない暗い夕食が始まる。

夕食前、カーターがメアリーたちに俺が出立するという話を済ませていた。

メアリーは「寂しくなるわね」と声をかけてくれたが、ジョスリンとなぜかマチルダまで無言で沈んだ表情で食事をしている。

なんでマチルダまで不《ふ》貞《て》腐《くさ》れている？


夕食後、すぐに部屋へ向かいこもったジョスリンとは明日の朝に話をするとして、食後の茶に粉砂糖を混ぜマチルダに渡し、二人で外の椅子に腰をかける。

マチルダがお茶を啜ると目を見開く。

「甘くて美味しい」

「ああ。砂糖を入れた」

「ありがとう……あの子のあれは普通なの？」

庭で粉砂糖ハイ中の一人踊るキモイを見つめながら、マチルダが尋ねる。

「あれは、好物を食った後の喜びの踊りだ。しばらくしたら収まる」

「スライムが可愛いと思う日が来るなんて考えもしなかった」

「まぁ、俺も同じだな」

キモイの踊りが続く中、マチルダが何度かこちらに視線を流し言う。

「ライリーたちが戻るまでリスタに留まると思っていた」

「そのつもりだったが、予定よりも相当遅くなりそうだからな。まぁ、俺にもいろいろ事情があんだよ」

「うん。分かってる」

存在Aのこともあるが、スマホなどですぐに連絡できないからきちんとした予定なんぞ立てられない。次いつ信頼できる馬車で移動ができるか分からないのだから、自分の都合で動くしかない。

「向かうのはバールだ。そのうち、また会えるだろう」

「そうね。あ、そういえばライリーから伝言がある」

カーターにライリーからの伝言を届けた例の商人は、マチルダには別の伝言を届けていたようだ。

伝言の内容は媚薬《びやく》草の話だった。

「ああ。あの気持ち悪いおっさんみたいな人型の草か」

「そう。あれの納品の期日を急かされているらしいの。リスタのゴブリン襲撃の件で少し納品を待ってもらっていたけれど、依頼主が冒険者ギルドに早く納品をするよう催促《さいそく》しているらしい」

「どうするんだ？」

忘れていたが、媚薬草を渡す条件としてライリーに交渉していた剣術の練習も、件《くだん》のゴブリン襲撃で中途半端に終わっていた。

「伝言には、ゴブリン襲撃で不可能になったリツの剣術の練習は必ず後ほど埋め合わせをするから、先に媚薬草を渡してくれるよう交渉しろって」

「それがマチルダ流の交渉術なのか？　交渉下手かよ」

俺の言葉にマチルダが声を出して笑う。

「交渉系はライリーの仕事だから。でも、リツはバールに向かうからライリーが戻っても稽古をつけられないから正直に言っただけ」

ライリーは俺が出立することを知らないので、リスタに戻り次第残りの稽古をつけるという意味だったのだろう。

媚薬草は締めた後フェリペに渡し、そのままバールの冒険者ギルドまで届ける手はずだそうだ。

「稽古は次回会う時まで延期でいいよ」

「本当に？　かなりこっちに都合いいこと言っているのだけれど」

「まぁ、銀狼の剣のことは信用しているよ」

あのおっさん草を早く手放したいという気持ちが大部分の理由だということは、嬉しそうに笑うマチルダには内緒だ。

「それより媚薬草を締めるってどうすんだ？」

「そんなに難しいことじゃない」

俺は明後日にこの村を発つ予定だ。今は二人きりなので丁度いいだろう。

「簡単ならここで今、受け渡しをすればいいんじゃないか」

「部屋がいいと思う」

聞けば、媚薬草は締める時に変な音を鳴らす習性があるそうだ。それに外だと清潔を保てないので中がいいとのこと。

「分かった。キモイ！　中に戻るぞ！」

ピョンピョンと飛び跳ね向かってきたキモイをキャッチ、二階のマチルダの使っている部屋へと移動する。

準備するからとマチルダが片手でナイフを研ぎ始める。

「待っている間、ベッドに座ったらどう？」

「いや、大丈夫だ。それよりも何か手伝おうか？　片手だと不便だろ？」

「じゃあ、この木の実を潰して」

渡されたのは、大量の赤い小さな木の実。コップの中に入れ潰すと真っ赤な血糊《ちのり》のようになり、白檀《びゃくだん》のような爽やかな甘い落ち着く香りのする液ができる。

キモイも気になったのかコップの中を覗く。

「いい匂いだな」

「精神を鎮める匂い。貴族の男性用の香水としても使われているって聞いた」

「媚薬草のあの魅了作用を鎮めるために使うのか？」

「……ちょっと違う」

なんだか気になる間だったので確かめようとしたが、テーブルに清潔な布を敷いたマチルダの準備が終了したという言葉に疑問は遮られた。

「じゃあ、出すぞ」

「うん、出して」

アイテムボックスから媚薬草であるおっさん草を出す。アイテムボックスの中は時間の概念がないので、以前と同様おっさん草は新鮮そのもの。クネクネしながら相変わらずのゴツい男の顔でウインクをしてくる。何度見ても気持ち悪いな。

マチルダは魔力が高いほうらしく、おっさん草の魅了にはかからないと聞いたが、やや頬が赤いので一応鑑定をしたが魅了にはかかっていなかった。

おっさん草を渡すと嬉しそうにマチルダが微笑む。

「凄い太い。こんなに立派なのは見たことがない」

「そうなのか？　俺はこれ以外を見たことないからな。そんなに大きいのか？」

「うん。リツは約束の訓練時間を追加すべきだと思う。ここまで太ければ媚薬のポーションが何本もできる」

「媚薬ポーションの依頼なのか？　それって合法なのか？」

少量であれば性生活においての向上があり、初老に差しかかった貴族の男の中では使う者が多いらしいとマチルダが恥ずかしそうに答える。

ＥＤ治療薬的なものなのか？　それなら早くしろという切実な依頼者の催促も理解できないこともない。

「じゃあ、締めるね。一気にナイフを入れるから、上の部分を押さえてくれる？」

「おう」

マチルダが一気にナイフの先の尖った部分をおっさん草の両目と股間に深く無慈悲に刺す。ヒュンとして条件反射で自分の大切な部分を手で隠す。

マチルダが何事もなかったかのように赤い血糊を切り口から流し込むと、おっさん草から例の変な音が鳴り始める。

「アガァハァンウゥン」

って、おい！　これ、おっさんの喘ぎ声じゃねぇか！

おっさん草の汚い喘ぎ声に数分ほど耐えると徐々に静かになっていった。

「……終わったのか？」

「うん。ほら見て」

逸らしていた視線を再び媚薬草に向けると、そこには目と股間から血糊が流れピクピクと動くおっさん草がいた。どこの殺害現場だよ。

「まだ生きているのか？」

「植物の生きていない定義って何？」

「これ、カテゴリーは植物なのか？　魔物じゃないのか」

「魔物ではないよ。魔草《まそう》だよ」

魔草ってなんだ？　違いがいまいち分からないが、一応こいつのカテゴリーは植物なのか。確かに、媚薬『草』ではある。見た目は魔物でも植物ってことか。

マチルダ曰く、媚薬草は締めなければ目や股間部分から根を生やすらしい。根が生えれば、納品の時に価値が下がるということだった。

マチルダが丁寧におっさん草を布に包み地獄のような時間が終了する。

一応、マチルダに媚薬草の締め方を学べたことへの礼を言う。多分、今後自分で締めることは極力避けるだろうが……。

「俺、今日はもう疲れたから寝るわ」

「分かった。おやすみ」

肉体的な疲労はないが精神的な疲労がＨＰを削る勢いだ。

部屋に戻り全身にクリーンをかける。身体が清潔になるとなんだかホッと安心、眠気に襲われる前に調味料を生成する。

キモイが足元に擦り寄りながら何かをねだる。

「なんだ、今日の分の粉砂糖はもうあげただろ。それとも腹が空いてんのか？」

キモイに肉をあげるが、どうやら欲しいのはこれではないようだ。

キモイがドアノブをツンツンと触手で触る。

「それが欲しいのか？　ダメだぞ」

代わりにキモイが以前作った大きめの鉄玉を一つあげると満足そうに寝たので、俺もそれに続いた。


翌朝、いつもより早く起きるとやや不格好な蝶と花の鉄細工がキモイの側に落ちていた。

「これ、お前が作ったのか？　凄いな！」

ヨシヨシと撫でるとキモイが触手を揺らす。嬉しそうだ。

しかし、この蝶と花はキモイが自身の想像で作ったようだ。成長しているのだろうが、キモイはまるで人間の幼児のようだな。

準備をして一階に下りると、カーターが一人お茶を啜っていた。

「おはよう」

「リツさん、おはよう。やはり若いからかな、回復が早いね」

「え？」

確かに若返った分、寝起きはいいような気がするが……やけにカーターが清々しい表情なのが気になる。

台所にいたメアリーにも挨拶。今日の朝食を手渡され、三人で朝食を食べる。

食後にお茶のお代わりをしながらゆっくりと二人と会話していたが、メアリーがさりげなく落とした発言に茶を噴きそうになる。

「リツさん、もし今夜もマチルダと逢瀬《おうせ》するなら、少しだけ声を抑えてほしいのだけれど」

「……は？」

「昨日の音は寝ていたジョスリンには聞こえなかったけれど、この家、結構音が響くのよ」

メアリーは何を言っているんだ。マチルダと逢瀬？　声が響く？

まさか、おっさん草の喘ぎ声を俺のそれと勘違いされてんのか！

「ち、違う、違う違う。マチルダと俺はそんな関係じゃない！」

「そんな隠すことはないのよ。年頃の男女なのだから、そういうこともあるわよね」

「うん。そうだな」

メアリーもカーターも微笑ましいものを見るかのような視線を送ってくる。なんでそんなに楽しそうなんだよ。

「いやいや、違うんだ。あれは――」

二人の誤解を解くこと数分。マチルダが二階から下りてきて、俺と同じ内容の説明をしてやっと勘違いだと二人に通じる。なんだかマチルダの説明のほうがすんなりと受け入れられた気がするが……。

「そんな訳で、俺たちは媚薬草を締めていただけだ。音に関しては……配慮せず悪かったと思っている」

「媚薬草……見たことはないけれど、聞いたことはあるわ。処理するのにそんな音を出すなんて、どうやって締めるのか見てみたいわね」

「いや、メアリー、あれはそんなに面白いもんじゃないぞ……」

メアリーが興味津々に尋ねる傍ら、カーターが真顔で否定する。

カーターもあの地獄の時間の経験者だな。

カーターと視線を交わし互いに頷く。

媚薬草の話が終了する頃にジョスリンが二階から下りてきて、朝食の席に無言で着いた。

「ジョスリン、朝の挨拶くらいしなさい」

メアリーにそう言われ、小さく「おはよう」とジョスリンが呟く。昨日に引き続き拗ねているようだ。

「ジョスリン、昨日話したことは覚えているだろう？　リツさんは明日、バールに向かう。後悔しない態度で過ごしなさい」

カーターに宥《なだ》められ、コクリとジョスリンは頷いた。

朝食が終了。旅用の食料を買い出しに行く俺と、お使いを頼まれたジョスリンが一緒に市場へと行く。

「ジョスリンは、何を買うよう頼まれたんだ？」

「……野菜と肉」

「そうか」

会話が終わってしまう。俺、こういうの本当に苦手……いや、実際は深く踏み入ることができない意気地なしだ。外見が変わっても中身がこれじゃな。


市場へ到着。ゴブリンの襲撃の直後はほとんど閉まっていた市場が、今は半分以上営業をしている。

今回便乗するフェリペの荷馬車の移動は、バールの街まで二日ほどの旅路を予定しているそうだ。食材は個別に持参するように言われたので、万が一も考え、できれば一週間分ほどの食材を購入したい。

商人の物資がリスタ村に到着してからは、市場も人も以前の活気が戻ってきたようだ。

事情が事情なので食材の多くは少し割高だったが、一週間分の野菜と肉を買い込む。顔馴染みに会えば、明日には村を出ることを伝える。

最後にまだ開店できていない鍛冶《かじ》屋のカールに挨拶をする。

「去るのか。寂しくなるな。あんたには本当に感謝しているよ」

「いや、こちらこそだ。いつか村に戻ってきたら、また会おう」

「ああ。あんた、少し抜けているからだまされないよう気をつけろよ」

「……肝に銘じておくよ」

鍛冶屋を出て終始無言だったジョスリンと家路につく。

「リツお兄ちゃん、村に残ることはできないの？」

家に入る直前、ジョスリンが口を開く。目を合わせようとしたが、ジョスリンは地面を見たまま目には涙が溜まっていた。

子供は別れとか敏感だからな。特にこの村はジョスリンくらいの年齢の子供が少ないから、親世代より若い俺は年の近い友達的な存在になりつつあったのかもしれない。

「座りながら、少し話すか」

家の外にあるベンチに二人で座る。いや、二人ではないな……間にはキモイがいる。

「キモイ、ベンチの上でピョンピョンするな」

キモイの行動に和みつつ、少し関係のない雑談でジョスリンと盛り上がっていたが、急にジョスリンに何か自分が粗相《そそう》したから村を出るのかと尋ねられる。

「ジョスリン、聞いての通り俺は明日には村を出発する。が、別に村が嫌になったとか誰かを嫌になったとかじゃないぞ」

「じゃあ、なんで？」

主な原因は存在Aだが、ジョスリンにそんな説明をしても意味が分からないだろう。それなら、その次の理由を話す。

「俺、この世界——国のこと何も知らないから、いろんな場所を旅して人に出会いたくさんの経験をしたいんだよ」

「マチルダお姉ちゃんはどうするの？　恋人でしょ？」

「は？　違う違う！」

どうやらジョスリンも俺とマチルダの仲を勘違いしていたようだ。

まさか、昨晩の媚薬草の喘ぎ声は聞こえてないだろうな？

ジョスリンの心の健全のためにもなんでそう思ったのかを尋ねれば、最近よく一緒に行動をして仲良く笑っているからだという。

ひとまず、安堵のため息を漏らす。良かった。また変な誤解をされずに。

「俺とマチルダはただの知り合いだ。恋人とかではない」

「私ともただの知り合い？」

「いや……そうだな、ジョスリンとは友達だ」

精神的には自分より二十も下のジョスリンを友達だと言うのはなんだか不思議だったが、ジョスリンは満足そうに涙を拭き微笑んだ。

「そっか。分かった。リツお兄ちゃんはお坊ちゃんなんだから、だまされないように気をつけて旅をしてね」

「は？　待て。誰だ、そんなことを言った奴は？」

「みんな言ってるよ。世間知らずだから、お坊ちゃんだろうって」

「うっ」

確かに俺はこの世界の知識はほぼゼロだったが、世間知らずのお坊ちゃん扱いをされていたのか……おかげで村の人にはいろいろ親切にしてもらってはいたが。

「俺は別にお坊ちゃんじゃない。最近この国に到着しただけだ。ちゃんとみんなにそれを伝えてくれよな」

「うーん？　分かった！」

本当に分かっているのだろうか……お坊ちゃんと言われたからといって何か不都合があるわけじゃないからいいのだが。いや、今思えば……村人には感謝されつつも微笑ましそうな子供を見る目で見られていたな。くっ、なんだか恥ずかしくなる。

キモイに太ももをツンツンと蝕手で突かれる。

「なんだ？　何か欲しいのか？」

身振り手振りでキモイが何かを伝えてこようとするが、何がしたいのかよく分からない。羽ばたく何か——

「鳥か？　鳥が食いたいのか？」

「蝶じゃない？　ヒラヒラしてるよ」

「キュイ！」

ジョスリンがそう予想すると、キモイは目を輝かせながら鳴く。

蝶……蝶――

「ああ、あれか！」

キモイが今朝制作した蝶と花の鉄細工をアイテムボックスから取り出すと、ジョスリンが首を傾げる。

「これは何？」

「キモイが作った鉄細工だ」

「凄い！　これキモイちゃんが作ったの？」

驚きながらも手を叩いて喜ぶジョスリンに、キモイが蝶の鉄細工を差し出す。どうやらジョスリンにあげたいようだ。

「こいつなりの別れの挨拶だろうから、もらってやってくれ」

「ありがとう、キモイちゃん」

キモイが嬉しそうに飛び跳ねる。最近、ボディーランゲージも追加され、ますます表現豊かになってきたな。

「そろそろ家の中に戻るか」

「リツお兄ちゃん、村を出てもまた会えるよね？」

「今生の別れじゃない。リスタ村にはまた訪れたいとは思っている」

「うん。分かった」

もちろん訪れるのは繁忙期以外だ。あれは俺の魂にまで刻まれたトラウマだ。

カーター家での最後の夕食を済ませ、調味料を生成、明日のために早く寝ようとベッドに入ったが……遠足前の子供かのようなキモイがコロコロと床を転がりながら騒がしくする。

「お前も早く寝ろ！」


早朝のまだ暗い中、起床する。

すでに目が覚め、俺の上でピョンピョンするキモイに起こされたのもあるが……昨晩は早くに就寝したので目覚めはいい。

「お前……どんだけ楽しみにしてんだよ。ってか、ちゃんと寝たのか？」

スライムに睡眠が必要なのかは謎だが、キモイはいつもならこの時間は無反応で丸くなっている。

使っていた部屋をクリーンで可能な限り綺麗に掃除をしてから準備を済ませ、下へ向かう。

「リツさん、おはよう。朝食と道中で食べられるものを作ったから、持っていってね」

朝食と箱詰めされた肉とパンの弁当をメアリーから渡される。ありがたい。

弁当はアイテムボックスへ入れ、生成していた調味料を数袋、メアリーに手渡す。

「砂糖や胡椒をこんなにもらっていいの？」

「ああ。世話になった礼だ」

「もう、私たちのほうが礼をする側なのよ」

メアリーが困ったように頬を手で押さえ微笑む。

「まぁ、ジョスリンに美味しいものでも作ってくれ」

「……分かったわ。大切に使うわね。でも、この棒は何かしら？」

メアリーが袋から鰹節を取り出し、不思議そうな顔で見つめる。リスタ村は森の中にあり海には面していないが、川魚は食べている。だが、魚の保存食品加工などは特にしていない。

「それは、保存食用の魚だ」

「え？　これ魚なの？　干し肉にしては硬いわね」

メアリーがコンコンと鰹節を叩く。

やはり、リスタ村の保存食と言えばボアなどの干し肉が主なものだという。

せっかくなので鰹節の使い方を教える。削り器はないが表面を軽く拭き、包丁で削る。メアリーは鰹節の外側がカビだと伝えても大して驚いてはいなかった。ボアにも熟成肉的な加工の仕方があるらしい。

俺はそこまで料理上手ではないが、一番簡単そうな和風だしポトフの調理法を教える。

「ストックのように使うのね。いろいろ試してみるわ」

「もっと綺麗に削ることができれば、用途も増え見栄えもいいと思う。まぁ、湿気にだけは気をつけてくれ」

「リツさん、最後までありがとう。また、いつでも帰ってきてちょうだい」

「ああ。そうするよ」

カーター、ジョスリン、それからマチルダも朝食のテーブルに着く。それぞれとは別れの言葉はある程度交わしたので、朝食の席では荷馬車の乗り心地や道中に注意することなどの話で盛り上がった。

そろそろフェリペとの待ち合わせ場所に向かおうと全員で準備を始めると、カーターが少し大きめの肩下げ鞄《かばん》を餞別《せんべつ》だと渡してくる。

【フォレストフロッグの皮バッグ】　良好

鑑定ではあの例のカエル皮で作られているらしいが、見た目も色も普通の牛皮と変わらない。いや、それよりも頑丈そうだ。

「いいのか？」

「ああ、メアリーが強度を補整したから旅でも使えるだろう。アイテムバッグがあるのだろうが、荷物を抱えていたほうがいいだろう」

カーターたちは俺がアイテムバッグ持ちだと思っている。それも高価なものらしく、荷物なく移動すれば目をつけられると注意される。

ごもっともだ。

考えたら、俺の荷物は防具についた小さな入れ物だけだ。アイテムボックスになんでも入れていたので、その辺が完全に抜けていた。

「助かる。ありがたく受け取る」

鞄を肩にかけると滑るようにキモイが中に入った。順応性高いスライムだな、こいつは。

「キモイちゃんも気に入ったみたいだね」

ジョスリンがそう言うとみんなが笑い出す。

その後、フェリペとの待ち合わせ場所に全員で向かう。みんなで見送りをしてくれるらしい。

途中でマチルダが腕を突く。

「どうした？」

「さっき、出かける準備をしていた時にリツのスライムがこれを投げつけてきた……」

見れば、花の鉄細工だった。

フッと笑ってしまう。そういえば先ほど、少し姿が見えないと思っていたらそんなことをしていたのか、こいつは。鞄の中から顔を覗かせたキモイを撫でる。

「キモイなりの別れの挨拶だろ。もらってやってくれ」


集合場所へ到着、フェリペと荷馬車をともにする他の商人や冒険者と軽く挨拶をすれば出発の時間になった。

カーター、メアリー、ジョスリン、それからマチルダと一人ずつ最後の挨拶を交わす。あまり長い挨拶をすると俺の涙腺が負けそうだ。

「リツお兄ちゃん、絶対また帰ってきてね」

「ああ、もちろんだ。みんなも元気で」

俺の出発を聞きつけた他の村人も集まってくれて、全員に見送りをされ乗り込んだ荷馬車が出発する。

遠くなるリスタ村と森を荷馬車の後ろから眺め、目頭が少しだけ熱くなる。

「リツお兄ちゃーーん」

見送りの人はほとんど見えなくなったのに、ジョスリンの声がこだまして聞こえる。

「どんだけ、大声なんだよ……」

力が抜けたように笑うと頭の上にいたキモイが触手で俺の頭をポンポンと叩く。

「ああ、そうだな。またいつか会えるよな！」

ゆらゆらと馬車に揺られながら、リスタ村のある森が完全に見えなくなるまで眺めた。

5　バールの街

リスタ村から一時間ほどで森を抜けると平原が広がっていた。

一面草原で何もない景色をさらに二時間ほど進んだが、木の一本すら生えていない……何もないただの平原だ。鑑定にはリスタの平原と出ていた。

「長閑《のどか》すぎるのも辛いな」

ため息をつきながらひとり言を零《こぼ》す。

荷馬車は三台、俺が乗車したのは最後尾のフェリペが御する荷馬車だ。鑑定した荷馬車を引く馬はマッスルホースとの表示、魔物のようだ。その名の通り、前世にいた普通の馬よりも筋肉質で大きいサイズだ。それぞれ一頭ずつが荷馬車を引く。

三台の荷馬車には数人の商人、それから俺と同じでバールの街へ向かう乗客が乗っている。乗客のほとんどが繁忙期のためにリスタ村を訪れていた冒険者だ。リスタの村人も二人いたが、聞けば二人とも冒険者登録をするためにバールに向かっているという。

荷馬車を護衛するのは『鉄と盾』と名乗る八人組の冒険者パーティーだ。フェリペの属するコード商会専属の冒険者パーティーでベテランのようだ。

道は舗装されていないが、轍《わだち》に沿って進んでいる。

正直覚悟していた、気詰まりするような過酷な旅にはならないようだ。まだ旅が始まって数時間だが、至ってのんびりスローな旅だ。たまに荷馬車が激しく揺れるが、その他は子守歌のように心地よい揺れで完全に寝落ちしそうだ。

膝の上で一緒に揺れるキモイも大人しいので、寝ているのかもしれない。というか、こいつは昨晩は遠足前日の子供のようにはしゃいでいたから疲れてんだろうな。そういう俺も先ほどから欠伸が止まらない。

「あんた、これいるか？」

隣に座っていた冒険者の一人が何かの草を渡してきたので、鑑定する。

【ハッカ草】　普通

冒険者が噛んだら眠気が覚めると言うので、試してみる。

「あがっ。なんだよこれ」

「効くだろ」

喉や鼻の奥まで歯磨き粉を注入したかのように、強い香りが痛いほどに嗅覚を占領する。あがあがともがく俺にこれを飲めと渡された飲み物は、オレンジジュースのような味だった。

「おえっ、マズ。なんだよこれ」

鑑定すれば柑橘《かんきつ》水と出た。俺が柑橘水を飲むのを見て、周りの冒険者が笑う。歯磨き粉の味と交じってクソまずい。

「はは。子供だましにまだ引っかかる大人がいるとはな」

「……わざとかよ」

「眠そうにしていたから、ほんの冗談だ。詫《わ》びにハッカ草を分けてやるよ。本来これは少し切って水に入れ飲むもんだ」

確かに眠気は飛んだ。キモイがハッカ草をくれと触手を伸ばしたので、少しだけ手でちぎって与える。ハッカ草を取り込んだキモイはブルルと激しく揺れる。

「キモイも眠気が飛んだか？」

両蝕手を上げキモイが返事をする。

水に交ぜたハッカ草は確かにスッキリする味でリフレッシュできた。

「俺の名前はジャンだ」

「リツだ」

「知っている。リスタを救った英雄だろ。それに、極小フォレストフロッグを数年ぶりに狩ったのもあんただろ」

「いや、英雄っていうのは語弊がある。確かに戦いには参戦したが、あれはリスタ村の勝利だ」

謙虚だなとジャンに笑い飛ばされる。

ジャンは二十歳前後だろうか、他の冒険者と同様にフォレストフロッグ狩りでリスタ村を訪れていたらしい。ジャンは幼馴染の二人の男女とパーティーを組んでおり、毎年繁忙期にはリスタ村を訪れているという。

「安息の平原もあと少しで抜ける。そしたら、あの山を通る」

「安息の平原？　長閑だからか？」

「それもあるが、ここでは野盗に襲われる心配がないからな」

斜め上の回答だな。確かにここには潜む場所が皆無、それに遠くからでも野盗の姿を捉えられる。それならば対処する選択肢も多くなり、野盗にとってはただリスクの高い狩りになる。それで安息の平原か。鑑定とは違う名前だがしっくり来る名称だ。

安息の平原を抜けると、ジャンの言っていた通りすぐに山道になった。

山道に入ると、先ほどまでの晴天が嘘かのように、すぐに天候が怪しくなった。

ジャンが空を見ながら言う。

「雨が降りそうだな」

「ああ」

雨、と聞いてかキモイが眠っていた鞄の中からドテッと流れ出す。

馬車の端から空に向かって上げた触手にポツポツと雨が降り始めると、キモイは嬉しそうにプルプルと揺れジャンプし始めた。

「お前、さっきまでずっと寝ていたくせに急に元気になったな。そんなに楽しいのかよ」

キモイは水属性スライムだからか、雨が大好きだ。以前も土砂降りの中、外でいつまでも踊り続けていた。

ポツポツだった雨が急にスコールのような土砂降りになり、一気に視界が悪くなると警報のような笛の音が聞こえ、馬車が止まる。

馬車から顔を出せば、御者たちが集まって何か相談しているようだった。

「あーあ。これはしばらく足止めだろうな。忌々《いまいま》しい雨だな」

斜め前に座っていた冒険者が嫌そうに漏らす。

数分後、その予想通りフェリペが乗客に雨が止み視界が良好になるまでこのまま待機すると告げに来た。

外に出たいとピョンピョンとキモイが飛び跳ねる。

「分かったから、馬車の中で暴れんなって」

キモイを外に出せば、あの謎のダンスを踊り始めた。歩くのが遅いくせになんでダンスの動きだけ俊敏なんだよ。

他にやることもない乗客が珍しそうに踊るキモイを馬車の中から眺める。

観客に気づいたキモイが、前回の踊りよりも凝ったものを披露する。あの膨らんだり縮んだりするのは初めて見たぞ。

「あんな凄い動きするスライム見たことないな。シェルターであんたのスライムがワームを退治したって話、あれ本当なのか？」

乗客のリスタ村の青年がキモイの踊りに感心しながら尋ねる。

キモイの活躍はシェルターにいた大勢が目撃している。あの村ならそのことも瞬時に全員に広まったのだろうな。隠しても意味がないな。

「ああ、事実だ」

「おお、やっぱりそうなのか」

他の乗客もなぜかそのことに歓声を上げた。

冒険者の一人が動物園に来たかのようにキモイを観察しながら言う。

「通常のスライムは川の側で這いずっているか、水に浮いているかで特に攻撃はしてこないぞ」

「俺が認識しているスライムもそれだ」

「ま、いいものを見せてくれてありがとう」

「いいものなのかは知らないが、雨の間に楽しんでもらえたなら良かったよ」

少ししてスコールは過ぎ去り、キモイが哀愁《あいしゅう》を漂わせながら馬車へと戻ってくる。

「楽しんだか？」

まぁまぁだったとでも言うかのように触手を軽く揺らすキモイに、アイテムボックスからワームを取り出し与える。

「おお、ワーム食ってるぜ」

全員の注目が集まる。キモイがワームを吸収するのでさえこの暇な時間のエンタメになるのか。

キモイのワームの吸収が終わる頃には馬車が動き出し、長閑な山道を再び眺めながらキモイを撫でた。

◆◆◆

恵みの雨と言うが馬車の旅の雨の後は最悪だ。

「かけ声と同時に後ろから馬車を押せ！」

フェリペの大声の指示が山に響くと、全員でぬかるみにはまった車輪を押し出す。

「よし、いいぞ！」

車輪はすぐにぬかるみからから抜け出した。楽勝だな。それもそうだ……この作業を行うのはこれで五回目だ。初回のもたつきと比べれば、全員がコツを掴んでいる。

空を見上げれば、またひと雨降りそうな雲行きだ。

荷馬車を引くマッスルホースの負担を軽くするために馬車を降り歩く。できれば、これ以上足場が悪くなる状況は避けたい。

靴を見れば泥だらけだ。クリーンは数回かけているが、どうせすぐにまた汚れるだろう。

小一時間歩くと、前方から大荷物を抱えた三十代だろう男女と少年が山を下りてくるのが見えた。

「おーい」

「おーい」

互いに声をかけ、一旦止まり、道の状況などを情報交換する。

三人の情報だとこの先の道は比較的ぬかるみが少なく、木などの道を阻《はば》む障害物もないそうだ。

三人はリスタ村に向かっているという。三十代男女は夫婦で、少年は息子だそうだ。彼らはバールの街の住人だが、ゴブリン襲撃を聞いて姉夫婦と父親が無事か確かめにリスタ村に向かっているという。抱えている身体より大きな荷物は物資だそうだ。

「誰かリスタ村のリーシャ、イード、サイラスの安否を知らないか？」

夫婦が尋ねる。サイラスという名には覚えがあったので手を上げる。

「サイラスって、もしかしてババード好きの爺さんか？」

「ああ！　そうだ！　知っているのか？」

「ああ。その爺さんなら数日前にババードの餌やりをしているのを見かけた」

「そうかそうか。良かった。姉夫婦も無事なのか？」

そのことに関しては俺は知らなかったが、馬車の乗客で冒険者志望のリスタ村出身の青年が姉夫婦も無事だと知らせれば、三人は安堵の表情をした。

ゴブリン襲撃の話は広まり始めているようだが、通信道具等はなさそうだ。一人一人の安否まで把握できなかったのだろう。三人はこの荷物で数日歩いたのだろうか、疲弊してかすり傷と捻挫《ねんざ》があったので、別れの握手をしながら治療をかけてあげた。一応、ババードの爺さんは顔見知りだし、これくらいやってもいいだろう。

再び山道を歩き出したが、辺りが徐々に暗くなっていくのが分かった。

「今日は少し先に行ったところにある開けた場所で野宿をする」

フェリペがそう全員に告げる。

大人数の移動のため、元々一泊の野宿をするという話だった。スコール、それから道の悪さで、当初予定していた場所よりも手前での野宿だが、暗い山道を進むのは危険だ。

その開けた場所に到着、夜番の順番を決めた。

俺はフェリペと同じ夜中組になったので夕食の準備を始めた。食事の準備をしているのを察知したのか、キモイが足元でおねだりをしてくる。

「お前の分もちゃんとあるから足に巻きつくなって」

夕食を食べ終え、夜番の交代の時間まで軽く仮眠をしようと横になれば、キモイがピッタリと股の間に陣を取る。

「お前、なんでそこで寝ようとしてんだよ」

蝕手の返事もせず、当たり前かのように丸く動かなくなったキモイ。

「もう寝たのか？　って寝るの早《はえ》ぇな」

寝るのはいいが、股の間に居座られると身動きが取れないんだが……仕方ないな、とため息をつきながらゆっくりと目を閉じた。


フェリペに肩を揺らされ目覚めると、辺りはすっかり真っ暗になっていた。

「リツさん、夜番の交代の時間です」

「もうそんな時間か。起こしてもらって助かる」

目を擦り、いつの間にか腹の上に移動していたキモイをポンポンと撫でる。

「キモイ、起きる時間だ」

自分とキモイにクリーンをかけ、同じ時間帯の夜番メンバーと合流する。

メンバーは、フェリペを含む商人二人と護衛の冒険者数人だった。

互いに軽く挨拶をしてそれぞれの見張りの位置へと向かった。

俺はフェリペと二人の冒険者とともに焚き火台のある場所へと向かう。

歩きながらフェリペに尋ねる。

「フェリペは夜番のために冒険者を雇っているのだろ？」

「もちろんそうですが、結局、品物の運搬に最後まで責任を持つのが商人なので」

「そんなものなのか？」

「ええ」

配置につき、索敵スキルを展開したまましばらく虫の音を聞いていたら、赤い点がポツポツと見えた。

まだ姿は見えないが、この動きはフォレストウルフに似ている。

少し離れた位置にいたフェリペと冒険者に声をかける。

「客だ。狼だろう群れが七匹、東からこちらの様子を窺っている」

「厄介ですね」

索敵ではまだ離れた位置にいるが、こちらが動いたのに気づいたのだろう群れが一時停止をする。

様子見をしているのか？　この暗闇で木の生い茂った場所で戦うのは不利だな。

こちらが攻撃をしないのをいいことに、群れはゆっくりだがジワジワと前進している。

フェリペたちに小声で状況を伝える。

「徐々に詰めてきているぞ」

「狼なら追い払えるかもしれないです。少し耳を押さえてください」

フェリペはそう言うと東の方角に一人で向かった。

一緒にいた冒険者も当たり前のように耳に手を当てたので、俺も続いた。

フェリペが両手を大きく広げ、手と手を叩いた直後にパァンと銃声のような大きな音が山に響き渡り、ピリッと肌に振動を感じた。キモイもびっくりしたのか、足元から一気に俺の頭の上まで移動した。

索敵を見れば、七匹の群れは一目散に来た道を引き返していくのが見えた。

あれが鑑定で見たフェリペの拍手のスキルなのだろう。拍手なんて何に使えるのか疑問だったが、魔物を追い払う効果は大きい。行商の道中では便利なスキルだ。それにあれを近くで食らったら鼓膜も破れそうだ。

「凄いな。あっという間に逃げたぞ」

「何度も使えませんが、耳のいい動物だと効果は大きいので助かっています」

拍手の音で起きた人もいたが、みんな慣れていたのかすぐにまた眠りについた。

その後、特に問題はなく夜番は終了、翌朝無事に再びバールの街へと出発した。

◆　◆　◆

山道を抜けると田舎道が延々と続く。早朝、野営地を出発して一度だけ十分ほどのトイレ休憩があったが、それ以外はずっと六、七時間は馬車に乗ったままだ。

進んでいるルートは舗装などはされていないが、一応道のようなものはある。時折、村というには小さい集落をいくつか通り過ぎる。

今日も山道でぬかるみにはまった馬車を何度も押したり引いたりと体力を使って疲弊したのか、乗っている全員の口数は少ない。

俺は種族補整があるのか、今朝と比べて体力はそこまで変わらないだけでなく、特に疲れてもいない。

馬車の中に長時間いるのも窮屈《きゅうくつ》なので、御者席にいるフェリペの隣で少しの間、外の空気を吸わせてもらう。

「キモイ、落ちるなよ」

頭のてっぺんに上ったキモイが嬉しそうにジャンプしていたのを注意する。

キモイも無言の馬車の中で何時間も過ごすのは窮屈だったようだ。外の空気を楽しむのはいいが、はしゃぎすぎて馬車から落ちるのは困る。

荷馬車を引くマッスルホースは順調に速度のペースを保っている。何時間も少量の休みだけで大丈夫なのかと鑑定してみたが、体調は良好で心配は杞憂だった。

この調子で進むのなら予定通り今日中にはバールの街に着くのか？　フェリペからは雨でさらに遅延するならもう一泊野宿の可能性があると聞いていたが、今日は晴天だ。

隣にいるフェリペに尋ねる。

「今日中には着きそうか？」

「この調子なら、夕方の閉門前には到着できるかと」

昼食は各自持参したものを動く馬車の中で食べる。

俺はメアリーが準備してくれた箱詰めされた肉とパンの弁当を食う。

「あ、こら！　何、箱に手を入れようとしてんだ。お前はこのミミズでも食っとけ」

キモイが狩った例のワームの一部を目の前に出すと、満足そうにゆっくりと吸収していった。

「はは。仲がいいですね」

「ああ、まぁ……。それよりフェリペの飯はそれだけか？」

フェリペが食べていたのは薄い四角の白パンだった。

「これは意外と腹持ちがいいので馬車の旅には重宝しています。一つ、試してみますか？」

フェリペから受け取った薄いパンに挟まれた黄土色のペーストからは香ばしい匂いがした。鑑定をかける。

【アーモンドバター】　普通

アーモンドバターか。聞いたことはあったが初めて食べる。パンを一口食べれば、甘味の強い香ばしいコクのある味が口に広がった。

「美味いな」

「でしょう？　奥様方には美容品として名高いのですが、腹持ちがいいので私の旅の必需品ですよ。ただ、食べすぎると通じが快調になりすぎて困りますが」

声を上げ笑うフェリペを横目に、ミミズを食べ終えたキモイが触手を上げアーモンドバターパンをねだってくる。

「これが欲しいのか？　仕方ないな」

パンを半分ちぎりキモイに渡すと、スッと消化されプルプルと嬉しそうに揺れる。美味かったんだな。バールの街でアーモンドバターは売っているという。後で買うか。

そんな話をしながら馬車に揺られることさらに数時間、辺りが薄暗くなり始めた頃にバールの街が見えてきた。

「バールの街の門ですね。無事到着だ」

フェリペが笑顔で言う。

忙しい時間帯なのか、門の前はそれなりに混み合っていた。ここに来て並ぶのは少し辛いが、仕方ない。

「心配せずとも我らが通るのはあの門ではないですよ。その隣の商人用の門です」

フェリペが笑いながら言う。そんなに考えていることが顔に出ていたのか？

門は一般、商人、貴族と分かれており、商人門は領主から特定の認定を受ければ使用できるそうだ。

商人の門は馬車が四、五台しか停まっておらず、十分程度の待ち時間で済んだ。

「身分証を確認する。各自準備するように！」

俺たちの番になると門番が大声で伝え、一人一人の身分証を確認していく。こちらの身分証は紙が多そうだが、冒険者たちは金属のカードのようなものを提示していた。

「次！　そこのお前」

あ、俺か。

俺の身分証はないが、代わりに領主の騎士エドワードからバルバロス辺境伯の領地に入ることのできる宝石のついたタイピンをもらっている。

エドワードがこれで街に入って身分証を作れと言っていた。一応、旅の前にタイピンについてカーターに確認したら、上級騎士から下賜《かし》される信頼の証のような物で滅多に見ることがないという。そんな大それたものだったら偽物と疑われて街に入れるかが不安だったが、カーターは心配せずとも大丈夫だという見解だった。別の身分証を先に手に入れたかったが、身分証は各ギルドか領主しか発行できないらしい。

門番にタイピンを渡すと驚いたように目を見開き、片膝を地面につけ頭を下げ、丁寧に礼をした。タイピンの効果だろうが、先ほどの威圧的な態度から急に丁寧に接されるとこっちもびっくりする。

「失礼ながら名を伺ってもよろしいでしょうか？」

「リツだ」

「当方の情報と照らし合わせ、確認して参ります。しばしお待ちください」

少しして門番が別の階級の高そうな門番とともに戻ってくる。

「リツ様、このたびはバールへお越しいただき一同歓迎いたします」

「ああ……丁寧にどうも」

無事に街に入れそうなのはいいが、門番の丁重すぎる対応に、他の商人や冒険者から注目を浴びている。青いベルベットのトレーに載ったタイピンを返してもらうと階級の高そうな門番が満面の笑みで尋ねる。

「エドワード団長から貴殿のリスタ村での活躍は聞き及んでいる。ゴブリンの撃退、実に素晴らしい功績だ」

「あれは、俺だけの功績ではない。リスタ村が頑張ったからだ」

「謙遜《けんそん》されずとも良い。懐いたスライムのことも聞き及んでいる」

階級の高そうな門番は騎士のようで、一通りゴブリン戦の話をすると最後にエドワードからの手紙をくれ、門の通過許可を得られた。通常、魔物は街に入ることはできないが、人に懐いた魔物なら申請すれば許可されるということだった。俺はエドワードのタイピンでそれも免除してもらえたが……こんな効果のあるタイピンを俺に渡して良かったのか？

御者席に乗り軽くため息をつけば、隣に座っていたフェリペが口角を上げる。

「リツさんがゴブリンジェネラルを倒し騎士団と取り引きをしたという噂、半信半疑でしたが事実でしたか」

「運が良かっただけだ」

「ほぉ。では次回また運がいい機会があればぜひとも声をかけていただきたい。騎士団より色をつけ取り引きしますよ」

「その時があればな」

馬車がゆっくり門をくぐり、バールの街へと入る。

バールの街中をゆっくり馬車が走る。夕方の日が沈んだ後でも街中は活気があり、飲み屋だろう店ではすでに酔っ払いが大声で武勇伝を語っていた。

入り組んだ住宅の窓からは明かりが漏れ、街全体に夕食の香りが広がっている。この時間、リスタ村なら松明《たいまつ》や魔法のライトを使わなければ道端は真っ暗だったが、ここではそんなことはない。

俺の膝によじ登り触手を揺らすキモイに反射した街の明かりが、なんだかキラキラしていて綺麗だ。

「お前はどこでも楽しそうだな」

キモイとしばらく流れる街の様子を観察していたら、フェリペが他の二台の馬車と違う道に入る。

「もうすぐ話をしていた宿の前に着きますが、利用しますか？」

「ああ、そこで降りる」

フェリペのおすすめ宿の前で馬車が止まる。他にも数人がこの宿に泊まるようで下車の準備に取りかかる。俺の荷物はこの肩かけ鞄とキモイだけなので、先に宿に向かうとする。

御者席にいるフェリペと握手をする。

「いろいろ世話になった。助かった」

「いえいえ、こちらもいい取り引きをさせていただきました。しばらくこの街に滞在されるのなら必ず私どもの店に顔を出してください」

「ああ、そうする」

馬車で一緒になった護衛の冒険者にも軽く挨拶をして、宿へと入る。

「ローザの宿にいらっしゃい！　食事だけかい？　それとも泊まりかい？」

すぐに店内から三十代前半の明るい金髪の女性に元気良く声をかけられる。女性のエプロンには『あたしがローザだよ』と刺《し》繍《しゅう》されているので、この人がこの宿の女将《おかみ》なのだろう。

「泊まりだ」

「そりゃ、嬉しいね。長居するのかい？　うちは長期滞在者にはおまけしているよ」

通常は一泊銅貨一枚らしいが、一カ月分を先払いすれば銀貨二枚と銅貨四枚で滞在可能だと説明を受ける。リスタ村では結局宿代もカーターが支払ったので、価格を比べることができない。だが、リスタ村ならここの一カ月の宿代で家族四人が一カ月暮らせる値段だ。まぁ、街だとそんなもんだろう。一泊日本円で八百円くらいと思えば、安い。

「一カ月で頼みたい。こいつも一緒だが大丈夫か？」

鞄に隠れていたキモイを持ち上げ、ローザに見せる。

「これは、スライムかい？　珍しいのに懐かれたわね」

キモイがカウンターに飛び降りプルンと身体を揺らし、上目遣いでローザを見つめる。狙っているのか天然かは知らないがあざといな。

「こんな可愛い子、泊まるのにはなんも問題はないわよ」

「そうか、助かる」

「はいはい。じゃあ、宿帳に名前を書いてちょうだい」

宿帳の隣にある羽ペンを取り止まる。俺、字は書けるのか？　宿帳に書かれた他の名前は読むことができる。まぁ、書けば分かるか。『リツ』と日本語で記入するが、勝手にこちらの文字に変換された。言語スキルのおかげだろうが、凄いなこれ。

「リツかい？　珍しい名前だね。あたしはローザだよ。部屋は三階の個室だから、これ鍵ね。朝食のパンとスープがサービスだから。今日、夕食はいるかい？」

「ああ、頼む」

「じゃあ、準備できたら下りといで。静かに食べたいなら早めに来ないと酔っ払いがうるさいよ」

「分かった」

「はいはい。じゃあ、後でね」

三階の部屋へと向かう。階段は狭く軋み音が響く。

「ここか。キモイ、着いたぞ……って、なんでお前が最初にベッドにダイブしてんだよ」

はしゃぐキモイは無視して部屋の確認をする。部屋は少し狭く古そうだが、しっかり掃除が行き届いて清潔な匂いがした。家具もシンプルなベッドとクローゼットのみ。でも、これなら一カ月過ごしても大丈夫そうだ。

腹の虫が鳴る。とりあえず飯だな。

ベッドでポンポン飛び跳ねるキモイをキャッチして部屋を出る。食堂へ行く途中、二階にある共同トイレへと向かう。

「まぁ、トイレはこんなもんだよな」

個室なだけありがたいが、そこにあるのは穴と尻を拭く用だろう棒タワシのみ。キモイの友達はいるかとトイレ穴を覗くが、どうやらただのボットントイレのようだ。これ二階からどこに落ちているんだ？　一直線に管が下の階と繋がっているなら地獄だな。

「ま、普通に使うがな」

爆弾を投下し、キモイとともに自分にクリーンをかける。もちろん、備えつけの共同棒タワシなんぞ使わない。

宿の食堂に行く前にキモイにワームを食わせる。

食堂に入ると、ローザにそっくりの十四、五歳の少女に挨拶される。癖で鑑定すれば、名前はカリナと出る。

「いらっしゃい。お兄さん、今日から泊まっている人？」

「ああ、そうだ」

「適当なところに座って。これ運んだら向かうから」

満面の笑みでそう言うカリナの塞がった両手からは美味そうな匂いがする。

「よろしく頼む」

ローザの言った通り、まだ酔っ払いは少ない。埋まっている席では家族連れや別の宿泊客だろう人たちが静かに夕食をしていた。

俺は一人だし、カウンター席の奥に座る。

キモイはペットみたいな存在だろうから鞄に入ってもらっている。リスタ村では誰も気にしていなかったが、一応、トラブルなど避けるために鞄の中で過ごしてもらう。

カウンターの後ろにある大きな看板には、メニューが手書きされていた。飲み物はビールにロムという初めて聞く飲み物があった。ジュースもあるが、ビールは半額の鉄貨三枚と一番安い。

周りを見る限り、みんな煮込み料理を頼んでいるようだ。

配膳の終わったカリナがカウンターに戻ると、木製のジョッキにビールをなみなみと注ぎ、ドンと俺の前に置いた。

「泊まりの客には最初の一杯サービスね」

「そうなのか？　ありがとう」

「それで、食べ物の注文はどうするの？」

　後ろの席で食べている親子を見ながら尋ねる。

「おすすめはあの煮込み料理か？」

「うん。あれはうちの宿名物、ローザ煮込みだよ。あと、豚の丸齧りってのも人気」

「そうか、ならその二つをくれ」

「丸齧り、結構量が多いけど……お兄さんなら大丈夫そうだね」

　カリナは厨房に俺の注文を大声で伝えると、目の前に小皿に入ったイカリ豆を置いた。鑑定。

【フライビーンズ】　普通

「ちょっと時間かかるみたいだから、それでも食べておいて」

「酒と合いそうだな」

　ビールを一口飲む。温《ぬる》いが悪くはない。次にカリッと音を立て豆を食う。香ばしく少ししょっぱい、いい塩梅《あんばい》だ。

「なんだ、お前も欲しいのか？」

鞄からニュッと出たキモイの蝕手の上にフライビーンズを置けば、スッと消える。豆一個で満足したのか、蝕手を引きモゾモゾと鞄の中で体勢を整えると動かなくなった。寝たのか？

ビールも半分になった頃合いでローザ煮込みが目の前に配膳される。一応鑑定する。

【ジャイアントベアの煮込み】　良好

熊か！　熊なんか食ったことねぇぞ。興奮で声が漏れそうなのを抑え、湯気の上がる褐色《かっしょく》の照る煮込まれたスープを見ていると自然と口の中が唾でいっぱいになった。

早速、熊の煮込みをスプーンいっぱいにすくい口に含む。

「甘い旨みが凝縮されて、最高かよ」

店の看板メニューだと謳《うた》うほど価値のある逸品だ。ビールを飲むのも忘れ手を動かし一気に食う。

「かぁ！　美味かった！」

肉の旨みの余韻に浸りながらジョッキの残りを一気飲み、ビールのお代わりを注文するとカリナが笑いながら尋ねる。

「うちの名物は最高でしょ？」

「ああ、最後の一口が名残惜しかったよ」

「お兄さん、嬉しいこと言ってくれるね」

カリナからビールを受け取り、しばらく飲んでいると食堂は徐々に客が増えていった。客のほとんどは旅人か冒険者のようだ。カリナが忙しそうに走り回る。

カウンターに座った隣の客は焼き鳥数本とビールを頼み、食い終わるとすぐに勘定を頼んだ。

「ビールはサービスだから鉄貨三枚になるよ」

「あんがとな」

格好から冒険者のようだが、終始疲れた表情で鉄貨四枚を置いて食堂を去った。代金は鉄貨三枚だったが、カリナもそれを当たり前のように受け取った。ここは、心づけの文化があるのか。

「はい！　お待たせ。豚の丸齧りだよ」

厨房から出てきたローザが両手で運んできたのは、大皿に載った豚の脚の丸焼きだった。鑑定。

【太鼓腹ピッグのモモ】　良好

「デカいな」

「あんたならこれくらいペロリと行けるよ。必要なら皿ごと部屋に持っていっていいから」

それなら後でキモイにも分けてあげられるな。豚を持ち上げ丸齧りする。外はパリッとした皮に中はジューシーな肉汁が滴り、咀嚼するたびに旨みが増した。味つけは塩胡椒とシンプルなのに、飲み込んでもなお口の中に残る余韻が次の一口を急かす。

「これも美味いな。料理人に感謝だな」

「あら、嬉しいこと言ってくれるね。旦那も喜ぶよ」

ローザがニカッと笑う。この宿は家族経営か。旦那の顔はここからじゃ見えないが、今後一カ月滞在するから機会があれば挨拶くらいするか。

「お兄さんはこの街には仕事で来たのかい？　冒険者……には見えないけど」

「仕事を探しに来たってのが正解だな」

「そうかい。それならロコス広場にある職業案内所に行くといいよ」

「そんなのがあるのか。明日、早速行ってみる。情報助かる」

「はいはい」

職業案内所か。調味料を売って金にできるだろうが、やりすぎると市場が壊れてしまう。この街にいる間、身分証をどうにかしたい。タイピンは効果抜群だが、あれはエドワードに返す予定だからその前に仕事を見つけたいな。

豚の丸齧りを半分食べたところでさすがに腹がいっぱいになり、カリナに勘定を頼む。

「残りは部屋に持っていくから会計を頼む」

「はいはい。えーと、銅貨一枚と鉄貨二枚だよ」

銅貨一枚と鉄貨五枚をカウンターに置き、豚の丸齧りの皿を持って部屋へと戻る。

「キモイ、豚でも食うか？」

シュッと鞄から出てきたキモイがくれのポーズをとる。味わって食えと言ったが、一瞬にして豚の丸齧りは消えていった。

6　仕事探し

朝、外から聞こえる賑やかな声で目覚める。リスタ村と比べると夜中も大きな声が外から響いて、寝つきは少々悪かった。

「起きるぞ」

キモイに声をかけ調味料を生成すれば、キモイが近づいておねだり。ワームを渡せば、上目遣いで俺を見る。

「そんな顔で見ても昨日の肉はないぞ」

「キュイ」

明らかにテンションが落ちたキモイに苦笑いしながら言う。

「ミミズに粉砂糖まぶしてやるから、それを食えよ」

「キュイ！」

「現金だな。もう機嫌を直したのかよ」

ミミズに粉砂糖を振りかけると、キモイは嬉しそうに跳ねた。

「朝から贅沢な奴だ」

嬉しそうに粉砂糖ミミズを食うキモイを横目に朝の支度をする。

今日はロコス広場にあるという職業案内所に向かう予定だ。それから服や日用品に食べ物も購入したい。宿の飯は美味いが、毎食外食すれば破産しそうだ。

キモイの粉砂糖ダンスが終わるのを待ち、食堂に向かうとすぐにサービスのパンとスープが配膳された。

「リツ、あんたが最後だよ」

「そうなのか？　みんな早いな」

ゆっくりしすぎたか？　欠伸をしながらスープに手をつけるとローザが笑いながら尋ねる。

「昨日はちゃんと眠れたのかい？」

「外が少しうるさかったが、慣れていないだけだ」

「昨日は酔っ払いの冒険者どもがいつもより多かったからね。悪かったね」

「大したことじゃない。街はそんなもんだろ」

ローザにロコス広場への行き方を尋ね、パンとスープを頬張ると宿を後にした。

宿から十五分ほど歩いたところにあるロコス広場へ街を見物しながら歩く。

初めキモイは頭の上に乗っていたが、すれ違う街の人全員から凝視されたので、ひとまず鞄に入ってもらう。やはり、魔物が懐くのはこの街でも珍しいようだ。

「少し我慢してくれ」

鞄の隙間から顔を出したキモイを撫でる。これなら気づく人も少ないだろう。

昨晩はよく見えなかった街並みを見ながら散歩できるのは良かったが、広い通り以外は入り組んでいて迷いそうだ。

全体的に新旧の建築物がランダムに建っており、人の行き交いもリスタ村の比ではなかった。一番驚いたのは、リスタ村では見かけなかった獣人がいたことだ。ステータスを選ぶ時にこの世界に獣人を含む他の種族がいることは知っていたが、知識と実際に目の当たりにするのは違うものだ。

獣人は親子連れで、犬の獣人のようで顔は普通に人と同じだが、耳と尻尾《しっぽ》が生えていた。不躾《ぶしつけ》に見すぎたのか、犬の獣人の母親が俺から子供を隠すような動作を見せる。トラブルに巻き込まれたくないので、急いで目を逸らし早々にその場を立ち去る。そりゃ、ジロジロ見ていたら警戒もするよな。

ロコス広場に到着する。想像していたより大きな広場で人も多い。全体的に市場になっているようだ。職探しのついでに買い物もできそうだ。

先にロコス広場の職業案内所に向かう。広場の中心にあるから見つけるのは簡単だった。

職業案内所の建物の外には体格のいい数人の男たちがウロウロしていたが、少しすると大型の荷馬車が二台やってきて男たちが乗り始める。

広場で行き交う人に花を売っていた少女に声をかける。

「一本いくらだ？」

「この一束で鉄貨一枚だよ」

「あそこの荷馬車に乗っている男たちが何をしているか教えてくれたら、三束買うぞ」

「本当？　あれはね、お仕事に行っているの。夕方には凄く汚れて帰ってくるよ」

日雇いの労働者か。花売りの少女から花を三束購入して別れた。

花束が気になったキモイが鞄から顔を出す。

「なんだ、食うか？」

一瞬迷う素振りをしたキモイは、花束を一つ消化する。無反応なところを見ると、そんなに美味くはなかったのだろうが、もう一束ねだってくるのであげた。最後の一つはアイテムボックスへとしまう。

職業案内所に入ると、トマトスープの強い匂いがして少し気分が悪くなる。

「はい。これ整理番号ね」

受付から忙しそうに「１４６」の番号札を渡される。まだ午前中の時間帯で百四十六番だとしたら結構人が来ているのだな。番号が呼ばれるまで辺りを見ながら大人しく待つことにする。

職業案内所では老若男女問わず、たくさんの人が自分の番を待っていた。

空いていた待合席に腰をかけると、隣に座っていた幸薄そうな痩《や》せ型の男が声をかけてきた。

「結構いい格好しているが、兄さんも職探しか？」

「ああ、まぁ、そうだが」

男はその後も何度も世間話をしてくるので念のために鑑定する。

待て待て待て。スキルがおかしいだろうが、ホラ吹きスキルってなんだよ。そんなスキルがあったのか？　スキルを見れば、息をするように嘘をつくのが上手いと書いてあった。

「俺はロコっていう。兄さんは？」

男が鑑定とは違う名前で自己紹介する。お前の名前はアーノルドだろうが。

でも、確かに鑑定がなければ違和感が全くない話し方だ。名前を詐称してくる奴なんて碌《ろく》でもないだろうし、ホラ吹きなんてスキルを持っているこいつとは関わりたくない。

俺も自己紹介をする。

「俺はアーノルドだ」

俺が名乗ったのが自分の本当の名だったことにアーノルドがビクッと肩を揺らし、やや引きつった笑いで話を続ける。

「ここだけの話、実は結構金になるいい仕事があるんだが、俺は足を痛めてできないんだ」

男が包帯の巻かれた足を見せながら言う。表情は痛く悔しそうだが……用意周到だな、こいつ。

「どんな仕事だ？」

「物を受け取って運ぶだけの仕事だが、支払いはいい。兄さんみたいに健康なら、簡単に一日で金貨は稼げるぞ。俺の親父の知り合いの伝手《つて》で、向こうも働き手がいなくて困っているんだ。どうだ、話だけでも聞いて、嫌だったら断ればいい」

どうせ、嘘だろう。この手の怪しい『仕事』や『投資』の都合のいい儲け話は、学生時代と就職してすぐの頃によく誘われた。説明という名の丸め込みをされるのがオチだ。世の中、そんなに簡単に金を稼げるわけねぇだろ。

こいつからどう離れるか考えていたら、歩いてきた足元がおぼつかない婆さんがアーノルドに思いっきりトマトスープをぶちまけた。

「何すんだよ！　クソババァ！」

「ありゃ、手が滑ってしもうたわ。兄ちゃん、悪かったね。これをあげるから新しい服を買ってくれるかい？」

婆さんがアーノルドに銅貨一枚を握らせる。

「ババァ、こんなんで許せるかよ。誠意を見せろや」

「誠意……とはなんだい？」

「銀貨一枚だ」

「ほうほう。銀貨一枚とな」

急に婆さんの雰囲気が変わる。先ほどまで腰を曲げヨボヨボと歩いていたはずなのに、今はピンと背を伸ばしアーノルドに微笑んだが目の奥は一切笑っていない。婆さんを鑑定する。

【ユーシー（72）】　良好　61　ウサキック

おーい！　待て待て。この婆さん、レベルが騎士たちより高いじゃねぇか。61ってなんだよ。今まで見た一番高いレベルは蒼騎士団団長のエドワードの75だ。しかも、このスキルのウサキックってなんだよ。ウサキックを表示する。

【ウサキック】　**兎《と》人《じん》族特有の強大なキック**

婆さん兎人族なのか？　耳も尻尾も生えていないが……隠れているのか？　尻尾を探そうと尻あたりを凝視しすぎたのか、視線に気づいた婆さんがホホッと笑い尻を手で隠しながら言う。

「そんなに見つめられたら恥ずかしいわい。若い男は元気だねぇ」

頼むから、そんな流し目で俺を見ながら恐ろしいことを言うのはやめてくれ。周りにいた人たちからは微笑ましい表情で注目される。その発情期中の中学生に向ける生温かい目、勘弁してくれ。

バンッと椅子を倒しアーノルドが立ち上がる。

「ババア、いつまで俺を無視してやがる！」

「そうだったね。うんうん。誠意だったたか？」

「ああ、早く銀貨一枚をよこしやがれ」

「銀貨一枚なんて金はないよ。代わりにあたしとデートならできるよ。銀貨一枚よりもいい思いさせてあげるよ」

「クソババア、なめやがって――」

危なっ。

アーノルドがユーシーに殴りかかるのを反射的に止め、そのままアーノルドを床へと拘束する。

アーノルドの動きは簡単に封じることはできたが、レベルが61もあるこの婆さんだったら、俺の助けなんていらなかったな。

「おい！　放しやがれ！」

「ホホ、元気元気」

叫ぶアーノルドを見ながら、ユーシーが手を叩く。

「婆さんもこいつを煽《あお》りすぎだ。どうすんだよ、この状況」

「そうだね。ここから後はあたしに任せな。ほら、お前たち掃除の時間だよ」

ユーシーがそう声をかけると、周りにいた数人が立ち上がり、アーノルドを拘束して引き取る。

「やめろ！　俺は何もしてないだろ！」

「アーノルド。あんたをお掃除する依頼が職業案内所から出てんだよ。まったく、こんなところで犯罪行為に人を誘い込もうとするなんて馬鹿な男だね」

拘束されたアーノルドを見ながら周囲の人が話している噂から『掃除屋』という言葉を拾う。

どこかへと連れていかれたアーノルドの声が聞こえなくなると、ユーシーが振り返り口角を上げる。

「今どき珍しい正義感のある青年だ。協力、感謝するよ」

「危ないと思っただけだ」

俺の助けなどいらなかっただろうに、ユーシーは丁寧に礼をする。

「あたしは掃除屋のユーシーだよ。青年の名前はなんだい？」

「リツだ」

「ほう。アーノルドではないのかい？」

婆さん……いつから俺たちの会話を聞いていたんだ？　婆さんの問いには答えずに尋ねる。

「掃除屋とはなんだ？」

「おや？　掃除屋を知らないのかい？」

ユーシーが目を丸くする。もしかして、この街で掃除屋とは有名なのか？

「この街に来たばかりだからな」

「そうかい。掃除屋とは、その名の通り掃除を生業《なりわい》としている。先ほどの男のような小物の詐欺師の掃除から下水の掃除、なんでも人の塵芥《ちりあくた》を掃除するのがあたしらの仕事だよ」

「そうだったのか」

婆さんの言う掃除屋とは、俺が思っていた清掃業者とは若干違うような気がする。

「兄さん、仕事を探しているのなら掃除ギルドを訪ねてくるといいよ。好青年はいつでも歓迎だよ」

「機会があればな」

「そうかい。楽しみにしているよ」

ユーシーはそう言うと、軽く手を振り職業案内所を後にした。仕事の斡旋はありがたいが、どんな仕事かも分からずに安請《やすう》け合いなどしたら後悔しそうだ。

座っていた席へ戻ると、兎耳の少年がぶちまけられたトマトスープの掃除をしていた。

ユーシー、盛大にトマトスープを撒いていったな。

壁を一生懸命に拭く兎耳の少年に声をかける前に、キモイが勝手に鞄から飛び出し、カーペットに染みついたトマトスープを吸い上げ綺麗に完食する。

急に飛び出したスライムに、辺りにいた人たちが驚きの声を出す。

「あ、すいません。こいつは俺と一緒なんで」

ペコペコと周りに頭を下げながらキモイを回収する。

「コラ、勝手に出たらダメだろ」

壁のトマトスープを狙い鞄から出ようとするキモイを落ち着かせるため、粉砂糖を鞄に放り込めば嬉しそうに鳴いた。

「キュイ」

「今回だけだからな。大人しくしろ」

キモイが粉砂糖を味わっている間に、兎耳の少年に声をかける。

「その、掃除の邪魔をしてすまんかった」

「え……あ、いや、僕のほうが手伝ってもらったのかな？　でも、これ怒られるかも」

下を見る少年の視線をたどれば、カーペットは綺麗になっていた。だが、確かにこれは問題だ。

「綺麗にしすぎたな」

キモイはどうやら汚れも食べたようで、グレー色だったカーペットの一部がベージュ色になっていた。いや、このカーペットどんだけ汚ねぇんだよ。俺も含め、全員が汚れた靴で出入りしているのだから汚れるのも不思議じゃないが……普通に汚ねぇな。

綺麗になった部分を見ながら少年が耳を垂らし、困った顔をする。これは仕方ねぇな。

「キモイ、残りも頼めるか？」

キモイが鞄から飛び出すと、辺りは一斉に数歩後ずさりをした。

無害そうなキモイでも、一応魔物なんだよな。

「こいつは俺の連れなんで、何もしないから安心してくれ」

辺りにいた数人から「懐かれか珍しい」とヒソヒソ話をされる。この街でも魔物とともにいるのは珍しいようだ。噂をする人だかりを無視してキモイに掃除を頼んでいると、兎耳の少年が首を傾げながら尋ねる。

「ここをさっきと同じように綺麗にするのですか？」

「そのつもりだ。このままじゃ困るのだろ？」

「はい、でも……少し待ってください。まだ掃除は始めないでください」

そう言うと少年は、受付の男と何やら相談をし始めた。許可を取っているのか？

戻ってきた少年に尋ねる。

「許可は下りたか？」

「え？　あ、もちろんです。それにちゃんとお金も払ってもらえるよう交渉しました」

カーペット全体を掃除すれば、職業案内所が俺に銅貨五枚を払ってくれるという。

「五枚もか？」

「はい。掃除ギルドの方針は『無料で掃除はしない』なので」

「そうなのか」

確かに無料で掃除すれば、つけ上がる奴らもいるだろう。まぁ、俺はここを軽く掃除しキモイが原因である綺麗なシミをなかったことにしたいだけだったんだが。

職業案内所を訪れていた老若男女に見守られながら、キモイがノロノロとシミの側まで進む。

プルプルと身体を揺らし、まるで武者震いだな。注目されてやる気が出ているキモイは早速、静かにカーペット掃除を始めた。キモイが通った箇所が徐々に綺麗になっていくと、周りから驚きの声が聞こえた。

「魔物があんなことするのか？」

「凄いね」

「本当に綺麗になっているわ」

キモイは褒められているのを知っているのか知らないのか、いつもよりプルプルと揺れ、目がキリッとしているような気がする。

少しするとコツを掴んだのか、勢いが増す。水を放出しながらどんどん浮き出た汚れを吸い取っていく姿、これは完全にバキュームつきのカーペットクリーナーだよな。

グレー色だったカーペットが完全にベージュになると辺りから拍手が起こり、キモイが触手を高く上げる。それはまるでガッツポーズをしているかのようだった。楽しそうに俺の元へ帰ってきたキモイを撫でながら労《ねぎら》う。

「お前、凄いな。なんだその手は」

何かをくれとでも言うように伸びたキモイの触手。こいつ……最近、遠慮ないな。だが、カーペットがこんなに綺麗になった褒美はあげないとな。

餌は……ここではまずいな。仕方ないので再び粉砂糖を握りキモイに振りかけると、高速プルプルを始めた。

「おいおい、ここでそれはやめろ」

急いでキモイを鞄にしまう。

「ありゃ、本当に綺麗になったな。約束通り兄さんには銅貨五枚を払うぞ」

受付の男から金を受け取るが、俺はほぼ何もやっていない。兎耳の少年に声をかける。

「あーと、少年」

「僕はラオだよ」

「ラオ、交渉代だ」

ラオに受け取った額の半分を渡そうとすれば、銅貨一枚でいいと言われる。

「ギルドの方針で『働いた分だけ請求』ってのがあるから。僕はこの一枚で十分だよ」

「そうか。分かった」

「じゃ、僕は行くね。お兄さん、またね」

掃除ギルドは結構ポリシーが徹底しているのか？　ラオと別れ、綺麗になったカーペットを眺めていると、受付に番号を呼ばれた。

「あー、百四十六の人ですか？　どうぞ座ってください」

番号を呼ばれたカウンターに行けば、係の女に上から下までジロジロと見られる。不躾になんだ？　女の鑑定をする。

【カレン（47）】　普通　14　速筆

何を書いているかまでは見えないが、羽ペンが恐ろしいほど速く動いている。羽ペンを止め、俺を面倒そうに見るカレンと目が合う。

「座らないのですか？」

「ああ、失礼する」

カレンの前に座ると、再び不躾な視線を感じる。

「本日はどのような用件でしょうか？」

「ああ、この街で仕事を探していて」

「……この街にはどれほど滞在される予定ですか？」

「まだ、詳しくは分からないが仕事があれば長く滞在しようかと思っている」

「ああ、そうですか」

カレンから小さく舌打ちが聞こえたと思ったら、小声で「また旅人かよ」と聞こえた。辺りの人を確認すると確かに荷物の多い人が多く、旅の途中で仕事を探しているという雰囲気の相談者が多かった。

俺は別に大きな荷物を持っていないが、カレンは俺が街の人間ではないと見抜いたようだ。

少しの無言の後に、カレンに一枚の紙を渡される。

「字は書けますか？」

「ああ、一応」

「記入してください」

「ありがとうございます」

愛想なさすぎだろ。

転生する前もカレンと同じような態度を取る取り引き先がいたので、こんな態度を取られるのは慣れている。素っ気ない態度は別に構わない。だが、少しは説明しろよ。

渡された紙を見れば、名前、年齢、前職、特技、それから直接的にスキルを尋ねてはいないが……スキルを活かせる職業の希望を記入する欄がある。

「時間が必要なら、あそこで記入してください」

カレンが指を差した場所は、すでに他にも記入する人たちで埋まっていた。どんな職業があるかも分からないのだが。リストとかあれば、勝手に自分で調べるのだが……。

「質問だが――」

「百四十七番、どうぞ！」

カレンが俺の質問を遮るように次の番号を呼ぶ。こいつ、今の絶対に故意にやったよな。

カレンの二つ隣の受付では笑顔で親身になって相談者を励ましているのが見えた。

受付の当たりが悪かったな。

これを記入したところでカレンが俺にまともな職を引き合わせてくれるとは思えないな。

「仕方ねぇな」

また別の日、カレンのいない時を狙ってくるか。今日は、記入せずに帰るとする。

たとえクレームを入れたとしても、俺が目立つだけで面倒なことになりそうだしな。こういう時は何食わぬ顔で改めて訪れるのがベストだ。金はまだあるし、少しの間なら仕事がなくとも大丈夫だろ。

記入の紙を丸め、キモイに食わせると、紙を食べ終えたキモイが蝕手で俺の腕をスリスリと触る。

「なんだ、どうした？　お前、俺を慰めてるのか？」

そう言うと、さらにスリスリが加速した。

「や、やめろって。地味に痛いだろ」

鞄に手を突っ込みながらヘラヘラと笑っていたら、周りに変態を見る目を向けられたので、急いで職業案内所を後にする。

職業案内所は後日また訪れるとして、今日は残りの時間で何をするか……。

明日から街にあるギルドを確認しようと思っていた分、妙に時間が余ってしまう。

「お兄さん！　うちのロコス焼き、美味いよ！」

広場にある屋台の女性が声を上げる。売り物を見れば、お好み焼きのような食べ物が焼かれていた。

ロコス焼きはモヤシ、キャベツ、豚肉を特製の皮で包んだものだという。普通に美味そうだな。

「いくらだ？」

「鉄貨二枚だよ」

「一つくれ」

「お兄さん！　ありがと！」

注文するとすぐに調理をしていた男がロコス焼きを紙に包み、渡してくる。

とりあえず、広場の噴水横にあるベンチに腰をかけ、ロコス焼きを一口食う。

「ああ、これあれだな。バインセオに似ている」

学生の時にベトナム旅行中に食ったものに似ている。魚醤《ぎょしょう》はかかっていないが、代わりにニンニクの香ばしい香りがする。外はカリカリの皮で中はモチッとしたこの食感、普通に美味い。

キモイが鞄から蝕手を出しながら左右に振り始める。

「なんだよ。お前も欲しいのか？」

ロコス焼きをキモイに少し与えると、噛み締めるようにゆっくりと溶かしていった。残りのロコス焼きを口に入れようとして止まる。

待てよ。この皮、小麦粉じゃねぇな。

急いでロコス焼きを食い、屋台に戻り皮のことを尋ねると、米粉だという。

「米か！　米を売っているのか？」

「え？　普通に穀物を取り扱う店で売っているけど……」

屋台の女性が首を傾げながら言ったので、やや言い訳のように返事をする。

「いや、リスタ村では見かけなかったからな」

「リスタ村？　ああ、俺も田舎の村出身だから分かるが、届かないよな」

調理をしながら屋台の男が言う。どうやら米のほうが小麦粉より高値で、田舎まで広まっていないようだ。俺もリスタ村で見かけなかったから、特に誰かに米の存在を尋ねてはいなかった。どこかに米があるだろうとは思っていたが、まさかこんなに早く手がかりが見つかるとはな。

「この辺だと穀物を扱う店はどこだ？」

「あっちの道をまっすぐ行ったら右に見えるよ。『ロコス商店』って白の看板に黒字で書いてあるから」

「そうか。情報助かる」

場所はそんなに遠くはない。せっかくなのでもう一つロコス焼きを購入、アイテムボックスへ入れる。

「ありがとねー」

手を振る屋台の男女と別れ、再びベンチに座る。早く米を買いに行きたいが、アイテムボックスを確認した際に思い出したものがあった。

【アイテムボックス】　手紙

門で渡されていたエドワードからの手紙だ。

「何々――」

エドワードの手紙を読み終わり、軽くため息をつく。

「あー、これ完全に俺を取り込む気じゃねぇかよ」

手紙の要約をすると、エドワードはバールの街からファレンスに急遽《きゅうきょ》帰還したそうだ。それで、預かっているタイピンをファレンスの騎士団まで持ってこいってことだった。

タイピンのおかげでこの街に入ることができた。それには感謝している。無論、預かり物だからエドワードを訪ねて直接返す予定だったが……バールにエドワードもいるだろうと考えていた。

「上手くファレンスに誘導されてんな、これは」

苦笑いをしながら手紙をアイテムボックスへしまう。

ファレンスか……南部最大の街だという情報以外ないが、少し調べてみるか。すぐに出発する必要はないが、いつでもタイピンを返却できるように早く身分証を確保しないとな。街にあるギルドの情報は職業案内所に聞くのが一番だろうけど、明日以降だな。質問はまともに相談できる職員にする。

まぁ、とりあえず……早く米の入手がしたい。あとは、服とかの買い物も済ませるか。午後の予定が決まったな。

　ベンチから立ち上がると、キモイが鞄からいなくなっていることに気づいた。

　アイツ、どこ行きやがった！

　すぐに真後ろにある噴水を確認する。キモイは水が好きだから中で遊んでいるのかと覗くが、水面にはいない。噴水はパイプが詰まっているのか、水の出が悪い箇所がいくつかあった。

　人目を気にしながら小声でキモイを呼ぶ。

「おい……キモイ！　どこにいる？」

　珍しく呼んでも姿を現さない。粉砂糖を軽く噴水の手すりに置けば、詰まっていたパイプからキモイが勢い良く飛び出し、粉砂糖に着地した。

「お前なぁ……」

　急いでキモイを捕まえ、すぐに鞄に入れた。

　辺りを確認すれば、勢い良く溢れ出ている噴水に気を取られ、誰もキモイの存在に気づいていないようだった。良かった……。

　鞄の中に手を入れキモイをグリグリしながら、急ぎ足で米のあるという商店へと向かう。

「キュイ」

「キュイじゃねぇよ！　ダメだろ、勝手に動いたら」

　キモイが抗議するかのように鞄の中で飛び跳ねたので足を止める。

「そこ、窮屈すぎたか？」

鞄の隙間からこちらを覗くキモイの目は外に出たそうだ。

フェリペの話だと、懐いた魔物には目をつけないってのがこちらの人の常識だというし、大丈夫か。

「ごめんな。悪かったよ。出てきていいぞ」

鞄から出てくる許可をすれば、キモイが一気に頭の上に向かって登った。

行き交う人にはチラチラと見られたが、キモイは嬉しそうに飛び跳ねていたので好きなようにさせる。


ロコス商店に到着、外観は立派で大きな店構えだ。窓から見る感じ、商品も多そうでそれなりに繁盛しているようだ。

店のドアを開けると備えつけられた甲高い鐘が一度鳴り、すぐに店員が挨拶をした。

「こんにちは、いらっしゃいませ」

店員は笑顔だが、俺の頭に乗るキモイを何度もチラ見しながら言う。

「本日、お探しの商品は何かありますでしょうか？」

「ああ、米はありますか？」

「米ですね。ご案内します」

エプロン姿の店員は無駄にムキムキで体格がいい。一番奥の陳列棚へ案内されると、並べられていたのは容器に入ったたくさんの穀物類だ。見える範囲に米も並んでいてテンションが上がる。

店員が数種類ある米の位置を指差すと、しばらく互いに沈黙が流れ、変な空気が漂ったので口を開く。

「す、少し、いろいろ見たいので……案内ありがとうございました」

「はい。僕のおすすめはこれです」

店員が指を差したのはやけに色の白い、細く長い米だった。

「ありがとうございます」

「いえ、値段はこの備えつけの袋に満タンに入れた価格です。何か必要なら声をかけてください」

俺が買い物初心者だと知ってか、丁寧な対応をしてくれる。無表情で歩いていく姿はまるで雪男のように毛深いが、親切な店員だった。

早速、並んでいる米を確認する。

「ああ、全部、インディカ米かぁ」

ここは南部で気温も高い地域なので予想はしていたが……これは仕方ない。店員のすすめた米はジャスミン米に近いもので独特の香りがした。鑑定をしてみる。

【マリ米】　良好

陳列棚には一キロほどの袋入りの米粉や小麦粉もあり、同じ量の小麦粉と比べれば、米粉は三割増しほどの値段だった。小麦粉が鉄貨二枚ほどなので……まぁ、米粉は買えない値段ではないが。

マリ米が一キロで鉄貨七枚、米の中では高級な部類だった。他の面白そうな商品もあるので、店内を見て回る。

野菜、果物は見慣れたものもあれば、南国フルーツのようなよく分からないものもあった。紫色の栗のようなものを手に取る。

【コンワ】　良好

コンワか……って、名前が分かっても説明がないので意味ないな。

とりあえず、今日は米だけを購入するか。

ジャスミン米のようなマリ米を含めた数種類のインディカ米、それから小麦粉、米粉を両手に持ちながら会計へと向かう。

先ほどの店員が会計をしている列に並ぶと、辺りの客の視線を頭に感じる。まぁ、キモイは珍しいらしいから視線は仕方ない。

会計の番になると店員が頭に乗っているキモイを真っ直ぐに見ながら言う。

「スライムのそれはそのままで会計してもいいですか？」

キモイを見れば、いつの間にか干しマンゴーの束のようなものを蝕手に掴んでいた。

「おい。お前、いつの間にそれ取ったんだよ」

キモイから干しマンゴーを奪い店員に返そうとしたが……購入するのが当たり前だろうという熱

い視線で凝視される。そりゃ、そうだ。

「こ、これも買います」

「ありがとうございます」

キモイのせいで銅貨一枚という余計な出費をしたが、無事買い物は終了した。できれば他の商品も見たかったが、キモイを買い物トレーニングしてからだな。

店を出て米などを全部アイテムボックスに入れ、ひとまず宿へと戻ることにした。

考えたが、街のギルドなどの情報は職業案内所より宿屋で尋ねたほうが早いだろ。

「キモイ、一度宿に帰るぞ」

◆　◆　◆

宿に戻るが、真っ昼間だからか受付や食堂には誰もいない。ここの食堂は朝晩しか営業していないようだ。

「今日はなんだかグダグダな一日だな」

もっと要領良く計画するべきだな。こういうところは前世から変わってないな。

優先順位的に必要になるのは身分証だ。エドワードから預かっているタイピンがあるうちは、バルバロス辺境伯が治める街の出入りは身分証がなくともできるだろうが……行動を監視されているようで苦手だ。ファレンスへ行く時までには身分証を手に入れたい。

「あんた、どうしたんだ？　客か？」

急に後ろから声をかけられ、驚きながら振り返れば、大荷物を抱えた厳《いか》ついおっさんが立っていた。

「あぁ、昨日からここに泊まっている」

「何階の客だ？」

「三階だ」

「そうか、長期の客か。ちょっと待ってくれ」

おっさんはそう言うと、抱えていた大量の荷物をカウンターに下ろした。

念のためだが、鑑定をする。

【ガイ（35）】　良好　25　握力

スキルの握力を調べると、なんでも握り潰すと表示されていた。体格もいいから、この握力スキルは納得だ。

荷下ろしをしたガイが手を出しながら握手を求める。一瞬だけ躊躇してその手を握る。

「俺はこの宿の料理人のガイだ」

「俺はリツだ。一カ月ほど滞在予定だ」

「ああ、あんたが食いっぷりがいいリツか。ローザと娘から話は聞いている」

「飯が美味かったから、ついな」

ガイの作った飯を褒めると、片方の口角が上がった。ガイはローザの旦那だという。

「それで、今日の用事はもう済んだのか？　仕事を探していると聞いたが」

「職業案内所に行ってきたが、まぁ、なんだ……」

「偏屈《へんくつ》なのに当たったか？」

「面倒そうに旅人だと適当にあしらわれたな」

ガイが笑い出したのにつられて、苦笑いをする。

「いや、笑って悪かったな。俺もその昔、よそ者だったんでな。同じ目に遭ったのを思い出した。今では昔のように酷くはないが……よそ者嫌いはまだ根強いからな」

ガイは小さな村出身だそうだが、初めは出稼ぎでこの街に来て、俺と同じ目に遭ったそうだ。

「まぁ、警戒されるのは仕方ないと思っている」

「みんながそうじゃない。いい奴も多いから」

「それは、分かっている」

鞄に入っていたキモイがニュルッと出てきて体に巻きつく。

「おい。やめろって」

「ローザに聞いていたが、本当に懐いているのだな」

ガイが驚きながら言う。

キモイは何かを探すように、鞄の中や外をチラチラと見ている。

「お前……これを探しているのか？」

アイテムボックスから出した干しマンゴーをキモイに見せると飛びついてきたので、急いでマンゴーを高く上げキモイから遠ざける。

ポヨンポヨンと飛び跳ねながら触手をウネウネするキモイを見下ろしながら言う。

「キモイ、少し我慢を学べ」

「キュイ！」

「キュイじゃねぇよ」

そもそも、この干しマンゴーは購入する予定などなかった。キモイが棚から勝手に取ったものだ。

「キモイ、店の中で勝手に物を触らないことを覚えないのなら、今後お前は店内ではずっと鞄の中で待機だ」

やや声のトーンを下げ、キモイを叱る。万引きとかのトラブルなんか願い下げだ。

キモイが干しマンゴーをねだるために上げていた触手を下げ、目を瞑《つむ》りしばらく考え込み始めた。

小さく丸くなり考えるキモイの後ろ姿から漂う哀愁が凄いな。言いすぎたとは思わないが……少し優しくキモイに尋ねる。

「大丈夫そうか？」

椅子に乗ったキモイは顔を上げると、干しマンゴーと俺を何度も交互に見て触手を上げ、元気良く返事をした。

「キュイ！」

「返事だけは一人前だな」

俺の言いたいことは大体分かったようだ……と思いたい。

「ほら、今日はこれ食っていいぞ」

キモイに干しマンゴーを少量与えると、噛みしめるようにゆっくりと吸収し始めた。

ガイが笑いながら言う。

「凄いな。スライムなのに賢いな」

「半分は餌欲しさなんだろうけどな」

「そりゃ、俺だって同じだ。仕事上がりの酒を楽しみにローザの言うことを聞いている」

互いに軽く笑い、キモイに視線を移すと与えていた干しマンゴーを完全に消化、触手を出しもっと欲しがる。

「仕方ないな。もう一個だけだぞ」

干しマンゴーをもう一つ与えると、キモイが嬉しそうに触手を揺らしながら踊り始めた。

「好物を食った時のうちの娘にそっくりだな。娘もスライムを見たかったと言っていたから、良かったら見せてやってくれ」

「見たことがないのか？　そういえば、トイレにスライムがいなかったな」

ガイによるとトイレスライムは街で禁止されていると言う。十数年前にいらなくなったトイレスライムを下水道に捨てる奴が多く、スライムが大量発生したのが理由だそうだ。

「街の中では家畜のマッスルホース以外の魔物自体あまり見ないな」

「そうなのか？」

「ああ、あんたみたいな魔物に懐かれた人も数年に一回程度見かけるくらいだ」

キモイは街中で注目の的だったのは分かっていたが、数年に一度はかなり珍しかったのだろうな。

それに、この宿にたまたまトイレスライムがいないのかと思ったが、規制されていたのか。

「俺はそろそろ夕食の準備をするが、何か用があったんじゃないか？」

「ああ……街のギルド関係について尋ねたかったが、また別の日にする。邪魔してすまない」

そう言って部屋に戻ろうとキモイを抱き上げると、ガイに止められる。

「ギルドの話、それなら今夜またここに飯食いに来い。俺よりもいつも飲みに来る爺さんが詳しいぞ」

「そうか。分かった。助かる」

ガイと別れ部屋に戻り、夕食まで時間があったので調味料を生成する。次のレベルまではまだまだあるが、調味料のＭＰ消費が高いものほどメーターの進みも早かった。


日も暮れ、窓の外からガヤガヤと声が聞こえ始めた。食堂が賑わってきたようだな。ガイの言っていた爺さんは、食堂が飲み客で埋まり始める頃に現れるということだった。

「キモイ、行くぞ」

ベッドで丸まっていたキモイを抱き上げ、食堂へと向かう。

食堂の席はそれなりに埋まっており、すでに酒と野郎の匂いが充満していた。忙しくジョッキを両手に持った宿屋の娘カリナが前を通る。

「いらっしゃ——わぁ、スライムだ」

肩に乗ったキモイを目を輝かせながら見つめたカリナだったが、カリナが近づくとキモイは頭の上へと逃げた。キモイは構うと避ける傾向があり、慣れるまで時間がかかる性格のようだ。要するに——

「すまん。こいつは少し人見知りなんだ」

「そっか。残念。お兄さん、今日も食べていくでしょ？　カウンターなら空いているよ」

「ああ、頼む」

カウンターに座り、厨房に見えたガイに手を振ると、ローザが宿泊客用のサービスの酒をドンと目の前に置く。

「はいはい。まずはこれね。食べ物はどうする？」

「今日は軽めで頼みたいのだが」

「鳥の串焼きでどうだい？」

「それで頼む」

酒をグッと一口飲むと、肩に乗ったキモイがじっとジョッキを見つめてくる。

「一歳児に酒は禁止だからな。マンゴーで我慢しろ」

キモイにマンゴーを与えて軽く撫でると、隣に座っていた白髪の初老の男が笑いながら話しかけてくる。

「魔物に懐かれる奴は、ちぃと変わった奴が多いがお前さんは……そのなんだ。毒にも薬にもならないような若造だな」

「はぁ……どうも」

爺さんが興味深そうに俺の顔を覗くが、酒臭《く》せぇな。

「言い返さないのか？」

「何をだ？」

なんだこの爺さん……酔っ払いの絡みなのか？　今日はそういうのはいらねぇから。

「ドルクさん、うちの客をいじめないでくれ」

厨房から出てきたガイがキャベツの漬物のつまみを差し出しながら言う。これもサービスだそうだ。

ドルクと呼ばれた爺さんが笑いながら言う。

「いじめてなんぞいない。お前さんが紹介したい男がいると言っていたから、ちと試しただけだ」

これがギルドの情報に詳しい爺さんか。酒臭《くさ》さと性格に難がありそうなのがやや心配だが、職業案内所で当たった職員の女よりは話ができそうだ。

「ドルク、リツは大丈夫だ」

「そのようだな」

ドルクが陽気に酒を一気に飲む。どうやら俺が傲慢《ごうまん》な奴かどうか見極めていたらしい。

「リツ、気にすんな。ただの偏見《へんけん》だ」

ガイが言うには、魔物に懐かれる人物は、人によっては横柄な態度を取る者も過去にいたという。

他の奴の魔物が何か知らないが……俺に懐いているのは、この砂糖好きな一歳児魔物だ。毎日、なんとかキモイを世話している俺が横柄な態度を取る理由などない。

「じゃあ、後はお二人さんでな」

ガイが軽く手を振って厨房へと戻ると、ドルクが追加の酒をローザに注文したので声をかける。

「あ、ローザさん。酒は俺につけてくれ」

「はいはい」

「いいのか？　悪いな」

「いや、情報代だ」

ドルクのジョッキが来たところで、互いに素早く乾杯をする。

「俺はリッツと言う。今日は会ってくれて感謝する」

「俺はドルクだ。この街のギルドのことを知りたいらしいな。なんでだ？」

「身分証を作りたい。それで、どこかのギルドには登録したいと考えている」

「ギルドはどこも大体身分証を出してくれるが、お前さんは、その、何か特技はあるのか？」

ドルクがやや濁《にご》したように言う。これはスキルのことを尋ねているのだろうか？

「特別な技術はないが、魔物を倒すことはできる。あと旅の途中で仕入れた商品が少々ある」

正直、この街に留まる可能性は低い。いても数カ月だという俺の事情をドルクに軽く説明する。

「それなら冒険者ギルドが一番手っ取り早いが、他の領地や国に行くとなると商人ギルドのほうが都合がいいのはいい」

「そうなのか？」

「ああ、冒険者は荒くれ者が多いから大抵門番に警戒される。商人だと税を徴収できるから大歓迎だろう」

商品を街で売るのに課される商人税は、領地や国によって違うという。この街を含めた南一帯を牛耳《ぎゅうじ》る辺境伯の領地では、比較的税が安いようだ。

他に生産者がいない調味料を大量に売り捌くことは危険だが、俺とキモイが生きていけるくらいの量なら売ってもいいかもしれない。都合が悪くなれば、次の街に移動すればいい話だ。

存在Ａの件が解決しない限り、一カ所に留まるのは避けたいしな。

「商人ギルドか……」

「だが、商人ギルドは信用第一だからな。根掘り葉掘り個人的な質問をした後に、身分証を出すまで数週間か数カ月かかる場合がある」

それは厳しいな。俺の場合、この世界の出身ですらない。適当な国を言ってもボロが出るだけだ。リスタ村出身とか嘘をついてもすぐにバレそうだ。

「できれば、もっと手軽に身分証を手に入れたいのだが」

「それなら運搬ギルド、掃除ギルドだな。なり手が少ない分、お前さんのような若い男は大歓迎だろう。有効期限は短いが、すぐに身分証を発行してくれるぞ。短期しか働かない奴も多いから、後腐れなく辞められる」

運搬ギルドはその名の通り、物を運ぶことを生業としている。掃除ギルドとは職業案内所で遭遇している。ドルクが言うには窓拭き掃除から、厄介者の掃除まで掃除に関することなら幅広く担っており、手練《てだ》れも多いという。

「掃除ギルドなら金の支払いもいい。お前さんみたいな旅人なら、とりあえず運搬か掃除ギルドで数カ月働いて次の街に向かい、またそこで別のギルドを探せば済むだろう」

「確かにそうだな」

運搬に掃除か。この身体なら肉体労働も苦ではないな。二つのギルドを確認するか。

「あとな。これはお前さんが善人のようだから言うが、傭兵ギルドと支援ギルドだけはやめておけ」

「なんでだ？」

「黒い噂が絶えないからだ」

傭兵ギルドは冒険者ギルドを何かの理由で解雇された者も多くいるという。荒くれ者の中でもルール違反をする奴の行き着く先ってことか。そこは避けたいな。

支援ギルドは名前こそ社会奉仕のように思えたが、要するに高利貸し屋だ。

「騎士はどうなんだ？」

「騎士だぁ？　それはこの国の人間じゃないお前さんは無理だろ。騎士は国や領地を守るために心身ともにこの国に身を捧げている」

「そう……だよな」

無論、騎士ギルドなどはない。

ドルクには蒼騎士団団長のエドワードから騎士に誘われていることなどあえて伝える必要はない。

エドワードはやっぱりおかしい。どこから来たかも分からない旅人の俺に、大事な物だろうタイピンまで渡している。一体何を考えているのだろうか。

「お前さんのためにギルドのリストを書いてやる。このリストのギルド以外に当たるようなことがあれば気をつけろ。中には法外のことをしている隠れた組織と繋がっているギルドもある」

詐欺、誘拐、奴隷や暗殺を生業とし、表向きは別名のギルドもあるそうだ。物騒だな。

「気をつけるとする」

「特にバツ印の上に三つ点を見たら関わるな。最近勢力が増してきた碌でもない組織だ」

「ああ、分かった。助かる」

それからドルクと少し飲んで、部屋へと戻るとキモイに食べ物をねだられる。

「あー、夕食はマンゴーだけだったな。悪い悪い」

7　厄介事の予感

次の日の早朝から出かける。

行き先は運搬と掃除ギルドだが、途中にある雑貨屋のような店に立ち寄る。さすがに調味料を入れる物が必要だ。

店に入ると、カウンターに座る爺さんが読んでいた紙から目線を一瞬だけ俺に上げると、茶を啜りながら再び視線を落とした。

店内は無造作に置いてある商品が多く、ガラクタも多い。

キモイは昨日の話し合いが効いたのか、商品には触らずにキョロキョロと辺りを俺の頭の上から確認していた。

目当ての瓶を棚の奥で発見したが、ほとんどが埃をかぶっていた。

大丈夫かぁ？　これ。

使えるか確認するために瓶の一つをクリーンしてから鑑定する。

【小瓶】　良好

大丈夫そうなので小瓶と中瓶をいくつか取り、会計をする。瓶はどれも鉄貨一枚と安かった。

店を出て瓶をクリーンしてアイテムボックスに収納、試しに一つに粉砂糖を詰めてみる。

「あ、おい！」

粉砂糖の瓶に触手を伸ばすキモイから隠すようにアイテムボックスへ入れる。

抗議するキモイを無視して運搬ギルドへと向かう。

運搬ギルドの場所は古い大きな倉庫で、建物から相当数の荷物の運び出しが行われていた。

キモイを鞄に入れ、事務所と書かれた場所に向かうと受付の厳ついおっさんが引きつった笑顔で歯を見せる。

「どこでも荷運び、運搬ギルドへようこそ」

マニュアルか？　言わされている感満載だな。

「運搬ギルドに登録するか考えているんだが、情報が欲しい」

「採用だ」

「いや、待て。今は情報が欲しいだけだ」

「情報も何も、俺たちは荷物を一カ所からもう一カ所に運ぶだけだ。金払いはいいぞ。兄ちゃんは体つきいいから結構運べんだろう」

説明することがないと言うこの厳ついおっさんは、運搬ギルドの副ギルド長らしい。いつもは現場での指示をしている立場だが、人手不足のため慣れない客対応をしているという。

「業務内容や給金、ギルドの制約などあれば聞きたいのだが」

「そんなのやってみれば分かるだろ」

このおっさん、脳筋だろ。


おっさんの勢いに呑まれ、一日運搬ギルド体験をすることになった。仕事を知る意味では体験は問題ないが、おっさんが完全に俺を労働者ゲットというような目で見てくるのが気になる。

「バーンさん。そんなんだから新人に毎回逃げられるんですよ」

奥で書類仕事をしていた小柄の若い女性が呆れたように言い、紙を一枚出してくる。

「読み書きはできますか？」

「ああ」

「では、こちらに運搬ギルドについて書いてありますので読んでください」

女性に渡された紙を読めば、運搬物の大小に応じての報酬額、荷物をなくした時のペナルティや身分証の期間などが記してあった。

身分証はギルド所属後半年以内は毎週更新、所属一年で毎月更新となっていた。思っていたより更新期間が短いな。

「身分証は毎週更新なのか？」

「ええ。身分証だけもらってファレンスに行く輩が多いから、最近変わったの。おかげでただでさえ人手不足なのにさらに仕事が増えて迷惑なのよね」

ため息をつきながら女性が面倒そうに言う。

「そうだったのか」

「ああ、お兄さんも身分証だけもらう魂胆《こんたん》だった？」

「まぁ、考えてなかったと言えば嘘になるな」

「お兄さん、素直すぎ」

笑い出した女性につられ笑うが、おっさんからは睨《にら》まれる。

おっさんに半ば強制された一日体験はやらなくてもいいと女性に言われる。

迷ったが、仕事内容も知りたかったので半日だけ運搬ギルドを体験することで話をつけた。

運搬ギルドの副ギルド長、バーンに連れていかれたのは、箱の並ぶ倉庫だった。

忙しく行き交いをする運搬ギルド員は、分かっていたが野郎しかいない。

「リツ、これを運ぶぞ」

バーンが指を差した箱の中を覗くと、砂岩でできた四角いマンホールの蓋のようなものが並んでいた。

どうやら俺は石を運ぶ業務に回されたようだ。

一体何キロあんだこれ。他の奴はもっと軽いのを運んでいたような気がするのだが……遠くから聞こえる声に耳を立てる。

「あー、バーンさんまたやってるぜ」

「ああ、俺もあれやられた。あの人も相変わらずだな。あの新人もやめなければいいが」

おっさん、これは体験でやる仕事内容じゃねぇだろ。

バーンが軽くマンホールを持ち上げ、リヤカーへと載せる。試しにマンホールを一つ抱えてみる。
四、五十キロほどか？　抱えられないことはないが、相当な力仕事だな。

【バーン（57）】　良好　24　肥大化

肥大化？　スキルの説明を見れば身体の一部を大きくできると言う。どこを肥大化しているのかと見れば手の平だった。分厚いな。それにこのスキル、意外と欲しいかもしれない。

「おい、リツ、そんなに下を見てどうした？　ズボンでも汚れたのか？　汚れる覚悟はしておけ」

「いや、なんでもない」

必要なマンホールを全てリヤカーに載せると、俺が後ろから押す形で運搬ギルドを出発した。

マンホールの替えが必要だという場所に荷物を運び、古いマンホールの回収が今日の業務だ。運搬ギルドから十分ほど歩いた最初の目的地に到着する。

マンホールの受け取りを待っていた三、四十代の商店の男とバーンが挨拶する。

「お前、これヒビが入ってるじゃねぇか」

「だろうな。俺がガキの頃から替えてないからな。後ろの奴は新人か？　初めて見る顔だな」

「新人のリツだ」

端にヒビの入った古いマンホールの回収作業を始める。地面に埋め込まれた砂岩のマンホール、これと似たものは街を散策している途中で何度か見かけた。街に下水が通っている割にはそこまで臭《くさ》くはなかったが――

「臭《く》せぇ」

バーンがマンホールの蓋を取った瞬間に、むせ上がるような汚臭がした。

「ほら、受け取れ」

バーンに渡されたマンホールの裏にはミズアブのような虫がいたので、酢を撒く。

「『酢』『そよ風』」

肩でマンホールを見ていたキモイが驚きながらピョンと頭の上まで跳び、警戒する。ああ、そうだった。キモイは酢が苦手だったな。

頭の上から髪を引っ張り抗議するキモイに謝る。

「急に酢を出して悪かったよ」

バーンとマンホールの替えを待っていた商人の話では、このミズアブは以前まではいなかったのにここ数週間で大量発生しているという。臭いも例年より強く困っていると苦い顔をしながら言う。

「こっちも商売なのに臭いが上がって客に逃げられ困っている」

バーンが足で虫を踏み潰しながら商人に尋ねる。

「掃除ギルドの奴らは何をしてんだ？」

「人手不足で手が回っていないって話だが……」

「ああ、運搬ギルドも同じようなもんだ」

その後も数カ所のマンホール蓋を交換したが、どこも数十年経っているそうで酷く老朽化しているものもあった。

運搬ギルドに戻る頃には夕方前になっていた。

「今日はご苦労だったな。働いた分の賃金だ」

そう言ってバーンに渡されたのは銀貨一枚だった。それなりに儲かったんじゃないかと思ったが、奥にいる女性に今日の仕事は運搬以外にもマンホールを交換するという業務があったから、銀貨一枚と通常よりも高い賃金だと説明される。

「バーンさん、大体なんで体験にそんなきつめの業務をさせたんですか？」

女性に怒られてバーンが苦笑いする。

新人いじめかよ……だが、正直仕事内容としては嫌いではなかった。この身体、本当に疲れ知らずだからありがたい。

「じゃあ、新人、明日から働けるか」

「……少し考えさせてくれ」

掃除ギルドの条件や労働などを見てから決めたい。

バーンの圧から逃げるように運搬ギルドを後にする。

宿へ戻る途中、俺の業務体験に大人しく同行してくれたキモイに粉砂糖を少し与えると、キモイは揺れながら頭の上で粉砂糖を食べた。

「機嫌がいいな。今日は特別にもう少し粉砂糖を食べるか？」

「キュイ！」

細い小道でキモイが頭から降り、地面を楽しそうにピョンピョンと機嫌良く前へ跳んでいたが、急に姿を消した。

「は？」

急いで駆け寄ると、どうやら老朽化したマンホールの穴に落ちたようだ。

おいおい、嘘だろ？

「キモイ！」

キモイが落ちた拳ほどの穴が二カ所空いたマンホールの中を覗きながら叫ぶが、暗くて全く何も見えねぇな。

あいつ、どうやってこの小さな穴から落ちたんだ？

ライトを点け、穴を覗きながら目を凝らすが……想像よりも深く底まで見えない。そして、何より汚臭が酷く目が痒くなる。

穴から声を風に乗せてキモイの安否を確かめる。

「キモイ！　返事をしろ」

「キューイー」

エコーするような声がマンホールから響く。ひとまずキモイは無事のようだ。

「キモイ、自分で上がってこい」

カーターのトイレからも這《は》い上がったキモイなら、もしかしたら自力でどうにか這い上がれるかもしれないと考え、少し待ってみたがキモイが上がってくる気配はない。

「キモイ、粉砂糖だぞ」

キモイをつるためにマンホールの穴の側に粉砂糖を撒いてみるが……キュイキュイと悲しい叫びが聞こえるだけだった。

上れないのか？

何度も穴を覗きながらキモイに声をかけていると、行き交うカップルに変態だと罵倒《ばとう》される。

「やーね。酔っ払いかしら」

「浮浪者の変態だろ」

ほっとけよ。明らかに不審者の行動だから何も言い返せないがな……。

薄暗い中、地面に四つん這いになり謎の白い粉を撒いたマンホールの穴に向かってキモイと叫ぶ……確かに傍《はた》から見たら変態に違いねぇな。

カップルが去るのを待ち、辺りを確認する。よし、誰もいない。

「『鰹節』『鰹節』」

二本の鰹節をマンホールの穴に刺し、そのまま持ち上げる。蓋が開くと汚臭が酷くなる。

「臭《く》せぇな」

開いたマンホールの中をライトで見れば、壁際には足かけがあった。これなら下まで行けるな。

下水道になんか極力入りたくはないが、好物の粉砂糖でも上がってこないキモイが心配だ。

仕方ないな。万が一にもマンホールを閉められないように布を巻いた短剣を穴の側に刺す。これで誰かいるのが分かるよな？

足かけを使い下まで下りると、むせ返るような臭いがした。これ、下水の臭いだけか？　動物の死骸のような臭いがする。ライトを照らし、キモイの捜索を開始……一分で対象スライムを発見する。

「なんで、そんなことになっているんだよ」

なぜかキモイは捕獲器に捕まっていた。

「キュイ……」

上目遣いで助けを乞《こ》うキモイに苦笑いをする。

「これは鼠《ねずみ》用か？　それくらいならお前だったらすぐに出られそうなのにな」

キモイが抗議をするかのようにプルプルと身体を揺らすと、捕獲器も一緒に揺れた。

「待て待て。今、自由にしてやる」

捕獲器に手をかけると、バチッと撥ね返された。ん？　なんだ？　鑑定をする。

【対魔捕獲機】　劣化

対魔？　ここの街には魔物はほとんどいないという話だったと思うが……鑑定で劣化と出ていた通り、捕獲器の手前の側面の一部分は錆《さび》に覆われている。

「キモイ、奥に下がってろ」

劣化していた部分に握力をかけ握り潰す。途中電気が走るような痛みがありＨＰは少し減ったが、無事破壊する。

キモイは捕獲器から飛び出すと、ピッタリと俺に引っついた。

「ったく、なんでこんなのに引っかかった？」

捕獲器の中を見れば、腐った餌があった。こんなのに引っかかったのか？

「キモイ、俺は毎日お前に美味いもん食わしてるだろうが！」

「キュイ！」

まるで違うと言うように捕獲器に触手を向けるキモイ。腐った餌を鑑定すると妙なものが交じっていた。

【鶏肉】　劣悪
【対魔誘導香】　劣化

この緑の物体が鶏肉だという。劣悪という表示は初めてだ。鑑定しなくとも腐っているのは分かるが、問題は対魔誘導香だ。その辺の棒で緑の物体をかき混ぜると、四角い茶色の塊が出てきた。これか。

近づこうするキモイをつまみ持ち上げ誘導香を突くが、特に異常はない。一応、誘導香をクリーンしてアイテムボックスへ入れる。

「よし、宿に帰るか」

ビシッとキモイが触手を上げると、上からマンホールが閉められる音がした。

おい！　嘘だろ？

「おーい！　中にまだ人がいんだぞ！」

急いで叫ぶが、ガタガタと何かを引きずる音にかき消される。こういう時にジョスリンの大声スキルがあれば使えたのにな。

マンホールの入り口まで上がり、暗く足場が悪い中で何度かマンホールを押してみるが――

「ダメだな。上から何か乗せられて完全にブロックされているな」

風魔法を使って無理やり押し上げてもいいが、マンホールが飛んで怪我人でも出たら俺のせいになるだろうしな。

「別の出口を探すか……」

ビシッと勢い良く触手を上げるキモイを凝視する。

調子がいいな……誰のせいでこんなことになっていると思ってんだ、こいつは。

グリグリとキモイを突くと、なぜか喜んで触手を上げた。

「ったく」

呆れながら、ライトで辺りを照らす。この下水道の臭いにはだいぶ慣れた……かと言って漂う悪臭を感じていないわけではない。いろいろ菌も飛んでそうだし、念のために口に布を巻く。

下水道は石造りのようで、汚いのには変わりないが思ったよりも整備されていた。展開している索敵にはたくさんの緑と白の点が映っている。動き的に鼠と地上で歩いている人か。

方向的に、左に進めば宿のある方面で右は広場か？　広場のほうがマンホールの数も多いだろうから脱出の可能性も高いな。

キモイのテイム画面から表示を押し、辺り一帯のマップを確認すれば、下水道は街の下にそれなりの広範囲で広がっていた。

地下と地上が重なってマップは見えにくいが、この位置からも広場へは繋がっていそうだ。

ライトを照らし進む方角の通路を確認。道幅はそこまで広くないな。

「キモイ、鞄に入れ。この先を進むぞ」

通路の天井は低く凹凸《おうとつ》が多い。また迷子にならないためにも頭の上にいたキモイを鞄の中に入れる。

広場に向かって歩き始めたのはいいが、初っ端から何度かカビのせいで滑りそうになっている。

一応、足場はあるが……その横は茶色く泡立つ下水が流れている。この中には落ちたくねぇな。クリーンはあるが、落ちたら精神的ダメージが凄そうだ。

ライトはつけているが、天井の凸凹《でこぼこ》に頭をぶつけないように集中すると滑りやすい足元が疎かになる。広範囲のクリーンができないので、歩くたびにいちいちクリーンするのも面倒だ。

「キモイ、出番だぞ」

足元の一帯に粉砂糖を撒けば、キモイが某ロボ掃除機のように粉砂糖が落ちた場所の汚れまでもを吸い始める。

「キモイ、すげぇな」

黒くなっていた床が綺麗になると、元の灰色や薄茶色に戻った石が露見する。これなら滑らないが、毎回粉砂糖を撒くのも時間がかかる。よし。

『粉砂糖』『旋風』

風魔法を使って粉砂糖を撒けば、通路の床、壁、天井に渡り広範囲に粉砂糖が散らばる。

「キュイ！」

キモイは目を見開くと、掃除ロボさながらに通路を床から天井まで回転しながら粉砂糖を吸引し、ついでにカビも隅々まで綺麗に吸い取り始めた。

狙い通りなんだが、グルグル楽しそうに下水道の中を動き回るキモイが、想像以上に中を綺麗にしている。綺麗になる分には、誰も文句を言わないだろう……。

ともかく、これなら楽に進めそうだ。

粉砂糖を追いかけ回しながら全体の汚れを綺麗に平らげるキモイ。その後ろを歩き下水道を進むこと十数分、噴水の真下だろう場所で索敵に小さい緑の点が大量に映るのが見えた。

鼠……にしてはやけに動きが遅い。それにこの動き、リスタ村の近くで見たスライムの群生と同じだ。この街ではほぼ魔物は禁止されているという話だったが……直接確かめれば分かるか。

だが、索敵で気になったのはそれだけではない。噴水よりも少し手前に、何か大きな緑色の点が見える。点はついたり消えたりしているので、死にかけの動物か何かか？

緑の点なので警戒するような動物ではなさそうだが……表示の点が大きい分、強い生物ではある。

一応気になるし、確かめるか。

「キモイ、噴水に行く前に少し寄り道をするぞ」

キモイがビシッと手を上げる。

索敵で確かめながら大きい緑の点を目指して下水道を進むが、行き止まりに当たってしまう。この壁の先を行ったところに目的の大きな緑の点はいる。

索敵は障害物を映さない。キモイを表示したテイムのマップは広範囲が表示されるが、これも細かい壁や扉などまでは表示されない。あるだけでもありがたいが、万能でない分、こういうことは今後もあるだろうな。

無駄足だったかと来た道を戻ろうとすれば、キモイが壁の隅の錆びて朽《く》ちそうな場所を食い始めた。

「そんなの食って大丈夫なのかよ？」

ちょうど人が通れるほどの穴ができると、キモイが颯爽と穴に突入する。

「おい！　キモイ！」

テイムのマップで確認すれば、緑の点に向かうキモイが映る。なんで勝手に行動すんだあいつは。危ないだろ！

「キモイ、戻ってこい！」

叫んだが、マップ上のキモイはグイグイ離れていく。

キモイの通った穴、俺も通れる大きさだが……正直、通りたくねぇな。

キモイの名前を何度か呼ぶが……ダメだな。俺の声はあいつには全く聞こえてない。

穴から壁の反対側を覗いてため息をつく。ああ、クソが。追いかけるか。

四つん這いになり穴を通る。

壁を通り抜け、身体についた汚れをクリーンしながら辺りを見回す。ここは元は物置きだったのだろうか？　随分長く締め切られていたのか、至るところに埃の層が盛り上がっていた。身体にクリーンはしたが、埃を吸い込むのを避けるために顔にきつく布を巻き直し、キモイの進んだほうに歩き出す。

テイムのマップを見れば、キモイは緑の点付近に到着しているが、それ以上近づこうとはしていないようだった。

ようやくキモイと同じ位置まで到着。キモイを叱ろうかと思ったが、緑の点の生物に気を取られる。

「なんだこれ？　『鑑定』」


【メタル・ハーピーイーグル（2）】　瀕死　21　メタルクロー

一目で鳥だとは分かったが、鷲《わし》だったのか。メタルと鑑定には出ているが、ただの灰色と黒の鷲にしか見えない……。

メタルクローを押し、スキルを確認する。

【メタルクロー】　爪をメタルに変化させる

「ああ、爪か」

ライトをメタル・ハーピーイーグルに向け観察したが、メタルな爪はおろか、爪自体がない。横たわるそのメタル・ハーピーイーグルは、瀕死の表示通り痛々しい傷が多く、流血と羽根の抜けが酷く皮膚が露わになっている部分もある。それに片方の翼は完全に逆方向を向いていて折れている。

しかし――

「こんなに巨大だったか？」

遠目で鷹《たか》と鷲のフライトショーなら見たことがあったが、目の前のこの鳥よりもう少し小柄だった記憶がある。まぁ、こちらの世界なら魔物なのだろうから前世で見た鷹や鷲と比べても意味はないだろうがな。

喉笛のような呼吸音が聞こえるが、ハーピーイーグルは鋭い眼光で俺を逃がさず捉えている。

「キュイ……」

「ああ、酷い状態だな」

悲しそうに鳴いたキモイに同意する。

恐る恐るハーピーイーグルに近づき手をかざす。噛みつかれるかと警戒したが、もうその元気は残っていないようだ。

近くで見れば、肩の付近の焼けた羽と爛《ただ》れた皮膚には、しっかりとバツ印の上に三つ点の焼き印が施されていた。

「これは……まだ新しい焼き印だな」

この印……宿でギルドの情報をくれたドルクが関わるなと警告した印か。厄介事だな。ともかく、瀕死のハーピーイーグルの頭を持ち上げ、治療をかける。

「『治療』『治療』『治療』」

数回の治療をかけると、鑑定結果は瀕死のままだったがハーピーイーグルは首を上げ、真っ直ぐにその深い金眼で俺を捉えた。

「おい、元気になってきたか！」

回復できているのだと喜んだのも束の間、ハーピーイーグルは大きな鳴き声を漏らすと、グタッと腕の中で崩れ落ちた。

【メタル・ハーピーイーグル】　死骸

鑑定の結果に肩を落とす。雰囲気的に助かるのではないかと喜んだ分、なんとも言えない気持ちになる。

キモイもショックからかしばらく反応がなかったが、急にメタル・ハーピーイーグルの死骸の下に飛び込んだ。

「キモイ、何をしてんだ？　出てこい」

キモイの半身を引っ張り出せば、灰色の石を持っていた。いや、これは卵か？　鑑定をする。

【メタル・ハーピーイーグルの卵】　良好

卵だと年齢とかないのか。親鳥の死骸をアイテムボックスに移動、他にも卵があるか調べたが、どうやらこの一つだけのようだ。これ、どうすればいいのだ？

「おい！　キモイ、何しやがる！　やめろ」

急に足を駆け上がったキモイが俺のズボンに触手を突っ込み、卵を入れてこようとする。キモイを掴み、卵を回収。ため息をつく。

「温めろってか？　それならズボンの中じゃなくてもいいだろ」

この卵、見た目、それから感触ともに石だが……このまま放置していくのも気分が悪い。殻は硬く耐久性も高そうだし、腹の近くに入れておくか。

もし孵《かえ》ったら、その時にどうするか考えるか。

「キモイ、これで満足か？」

「キュイ！」

「キュイじゃねぇよ。お前、勝手に迷子になるの禁止だからな！」

キモイがポヨンポヨンと嬉しそうに揺れる。コイツ……絶対分かってねぇだろ。

「今度勝手に迷子になったら、粉砂糖は数日禁止だからな！」

「キュユユ～」

「悲しい声を上げてもダメだ。迷子にならなければいい話だろ」

互いに譲らず、言い合いをしながら噴水がある下まで到着すると、そこはスライムのオアシスだった。

素敵に出ていた大量の緑の点は、やはりスライムだったか。

「臭いが落ち着いたな」

広場の噴水の真下にあるこの場所だけは、下水の存在を忘れるほどの『綺麗』な空間だ。先ほどまで鼻を刺激していたエグい臭いも、この空間だけは空気が澄んでいる。

スライムたちのおかげか？　キモイも汚れだけを食べる性質がある。だとしたらこのスライムたちは浄水器だな。

それなりに広い空間だが、スライムたちは中心にある水場に集中していた。あれは、いったい何匹いるんだ？　緑の点はざっと見ても五十匹以上はいるな。

スライムたちを観察しようと足を進めるが、キモイが入り口付近で止まったのに気づき戻る。

「キモイ、そこで止まって何をしてんだ？」

キモイがある一点からこちらへ進むのを拒否する。鑑定で確認すると、不可思議なものがヒットする。

【対魔物忌《き》避《ひ》剤】　良好

この入り口を囲む緑っぽい線が魔物の出入りを禁止しているようだ。数カ所ある入り口を遠目で見渡せば、全ての入り口に同じ緑の線が引いてあった。故意にスライムをここに閉じ込めているのか？

「キモイ、抱っこしてやるから来い」

勢い良く跳ね、キモイが胸元に飛び込んでくるとそのまま顔を隠すように俺の服の中に埋まった。

対魔物忌避剤、何が入っているかは分からないが、効き目は抜群だな。

対魔物忌避剤の塗ってある入り口を無事にキモイと一緒に通る。

「ほら、もう終わったぞ」

服の中に顔を突っ込んだままのキモイに声をかけると、辺りを警戒しながら確認をして頭の上へと移動した。

キモイ、意外とビビリだな。

キモイも落ち着いたので出口を探せば、すぐに上へと続く手すりが数カ所あるのが見える。その先にはマンホールじゃない出口もある。この中のどれかを通り抜ければ外に出られるだろ。

外に出る前に、気になっていた水場にいるスライムたちを鑑定する。


【水属性スライム（1）】　良好　1　清浄化

清浄化を押せば、汚れを吸収し不浄なものを清めるとあった。まんま浄水器だな。

それにしてもここのスライムは一歳前後が多い。中には三歳のスライムもいたが、スキルの表示はどれも清浄化だった。この場所にいてそれに特化したのか？

試しに一匹を突いてみるが、浮かぶだけで無反応だ。キモイのように知能はないな。

スライムたちによって浄化された水は真上の噴水、それから別の二カ所へと繋がるパイプを通って流されているようだ。

索敵に二つ、人の反応が引っかかる。そんなに近くはないが……下水道の作業関係者か？　面倒事は困るからひとまず隠れてやり過ごすか。

「キモイ、声を出すなよ」

キモイがビシッと手を上げると、死角になっている通路に身を潜めた。

索敵に引っかかった二つの白の点がスライムが群がる場所で止まると、すぐに二人の男の声が下水道に響いた。

「おい。反応が消えたのはこの辺りか？」

「ああ、こっちの道の先のどこかで死んでいるはずだ……」

隠れながら二人組の顔を確認すれば、柄の悪い男どもだ。

鑑定が可能な位置で良かった。鑑定。

【ジョシュア（28）】　**良好　31　斬撃**
【アルド（23）】　**軽傷、重症　25　魔物傀儡《かいらい》（小）**

こいつらの名前などどうでもいいが……大きい男がジョシュア、細身でヘラヘラと笑う男がアルドと言うらしい。

アルドの軽傷と重症が並んでいる状態は初めてだ。軽傷はあの顔の殴られたような痣だろうが、重症のようには見えない。顔色は確かに悪いが……なんだ？　バグか？　それとも何かの病気か？　詳しくは分からないな。

それよりもスキルの魔物傀儡の詳細を確認する。どうやら思った通り、魔物を操るスキルのようだ。（小）でどんな魔物を操ることが可能なのか知らないが、使いようによっては恐ろしいスキルが生えてんな。

太もも辺りに巻きつくキモイに視線を落とす。プルプルと蝕手を揺らしながらこちらを見上げるキモイも魔物だ。こいつが操られるようなことがあれば困る。

何者か知らないが、関わりたくないな。

雰囲気的に業者の可能性は低そうだし、奴らがどこかへ行くまで隠れておくか。静かに奥の道へと移動しようとしたら、鈍い音が聞こえた。どうやらアルドがジョシュアに殴られたようだ。

「アルド、ずっとヘラヘラと笑ってんじゃねぇぞ！」

「ああ！　ジョシュアが殴るから足枷《あしかせ》を水の中に落としたぞ」

「拾えばいいだろ！」

「ああ、スライムが食ったぞ！　あれは、もう使い物にならないよ」

「お前が嘘つくからこんなことになっているんだろうが！」

「そんなこと言われても……弱っていてもあんな強い魔物って聞いてなかった……俺だけのせいじゃないよな？」

ジョシュアがため息をつきながら舌打ちをする。

「鳥が死んだのは仕方ねぇが、最悪、卵は必ず見つけねぇと俺らが殺されるぞ」

「あの鳥は暗い場所を好んで卵を産み落とすと聞いたことがある。まぁ、産んだのかは知らないけど」

「産んでなくとも死骸からくり抜けばいいだろ」

――鳥。

確実にさっき見つけたメタル・ハーピーイーグルの話だろうな。腹にしまった卵をそっと撫で呟く。

「厄介事に巻き込まれたな」

二人の男が俺が通ってきた道を早足で移動したのを索敵で確認すると、先ほど二人のいた場所のスライムを確認する。

「いたいた」

まだ鉄か何かを消化中のスライムを持ち上げて鑑定する。

【水属性スライム（1）】　良好　1　清浄化
【隷属《れいぞく》のバンドの欠片】　破壊

スライムの酸に溶けて破壊されたようだが、これは魔道具か？　これを魔物に着けて力を弱めていたのかもしれない。

嫌なことを知ったな……。

スライムを水の中に戻すと、スライムたちのいる泉の奥にドアを発見する。

鍵のかかったドアをキモイに溶かしてもらい階段を上がると、ロコス広場の一角に続いていた。

一応、ドアの修繕費用として金貨一枚を置いていく。

扉から素早く出ると、何事もなかったかのように人ごみに紛れて歩き出したが――

「なんか身体が臭《く》せぇな」

クリーンを全身にかけると、キモイが喜びながら声を上げる。

「キュイ」

「お前のせいでとんだ目に遭った……宿に戻るぞ」


特に何事もなく宿へ無事に到着する。

「あら、帰りが早かったのねぇ。お帰り」

「ああ」

挨拶するローザに愛想笑いをしながら、急いで借りている部屋へと上がり、扉を閉め、鍵をかける。

「さてと……」

腹辺りに入れていた、例の拾った卵を取り出す。念のためにもう一度鑑定をする。

【メタル・ハーピーイーグルの卵】　良好

良好ってことは生きているのだろうが……本当に孵化《ふか》すんのか、これ？　この卵を捜していたあの変な奴らに返す気は毛頭ないが、とりあえず孵化させられるのか疑問だ。

メタル・ハーピーイーグルについて調べたいが、余計なことをして目立ちたくないな。面倒そうな連中にはとにかく関わりたくはない。この街には到着したばかりだし、最低一カ月は滞在するつもりだったが……場合によっては身分証なしで出立することも考えないとな。身分証を確保してから街を出ようと思ったが、タイピンがあればバルバロス辺境伯の領地内の行き来なら問題はないはずだ。

灰色の卵を見ながら眉間に皺《しわ》を寄せる。

「とりあえず、温めるか……」

卵を腹に戻し、調味料の生成をする。

（新しい調味料が増えました）

ん？　今のアナウンスはなんだ？　いつもだったら（調味料のレベルが上がりました）となるはずだ。それにメーターを見れば、まだ調味料のレベルが上がるタイミングではない。

増えたという調味料を確認する。

【調味料Lv7】

塩
胡椒
マヨネーズ
ハバネロパウダー
粉砂糖
鰹節
酢

どこだ？　調味料欄を確認したが、新しい調味料はない。
「あ？　なんだこのボタン？」
スキル欄を確認すれば、見たことのないボタンがあった。

【調味料X】

怪しすぎる……。
右手で首をかきながら、左手で調味料Xを押す。

【調味料X】　魔法の粉

「……は？」

怪しすぎるだろ。とりあえず確認しようと魔法の粉を出そうとして止まる。

【調味料X】　魔法の粉／ＭＰ１００

ＭＰが高すぎるだろ！　今の俺の最大ＭＰは１４０。それもさっきの調味料生成で半分くらい使ったので、この魔法の粉を出すのには足りない。

確認はしたいが、ＭＰが回復するまで待つしかない。

腹が凄い音を立て鳴る。

「とりあえず、飯にするか」

キモイを頭に乗せ、卵を腹に入れたまま宿の食堂で夕食を取る。ＭＰを確認すれば、80まで回復していた。

魔法の粉Xは明日確認するか。今日は身体を休めるためにも飲酒はせず、部屋へ戻るとベッドに座りキモイに声をかける。

「キモイ、寝るぞ……ってもうベッドに入っているじゃねぇか。なんで真ん中にいんだよ。端に行け」

「キュイ！」

「ああ、おやすみな」

ベッドに横になり天井を見つめる。なんだか妙な違和感がする。気持ち悪いというか嵐の前の静けさなのか……でも目を瞑れば、精神的に疲れたのかすぐに意識を手放し身体を休めた。

深夜、奴が再び現れるまで……。


――夜中。


昔、いつかの初詣で見た朝日の夢を見ていたはずだったが……急に黒い異物が朝日を覆い始めた。

気持ち悪さに目を開けると、存在Aが俺の寝顔を覗き込んでいた。

「うわっ。なんなんだよお前！　毎回毎回」

飛び起きると、ベッドのヘッドボードに頭を強く打ちつけた。

「痛《い》てぇな。お前のせいで目覚めは最悪だ」

キモイが大丈夫か確認すれば、動きがないので存在Aのお得意の時間の流れをおかしくする術を使っているのだろう。

三分の我慢だ。こいつはなぜか三分くらいしか俺の前で姿を維持できない。今、こいつの対処法が分からないのでどうにかやり過ごすしかない。

早く消えろ。

身体を起こし、ベッドに座り無言で存在Aを睨みつける。

ん？　なんだか奴の様子が変だ。

俺に関心なさそうにボーッとしてやがるが……一体どうしたんだ、こいつ。

一分ほど無言の時間が流れると、何事もなかったかのように存在Aが口を開いた。

『羽虫、僕らは困っているんだけど』

「は？　知らねぇよ」

思わずそう返す。どうせ、知りたくもねぇ話だろうが……こいつは何をするか分からないから刺激するのはヤバかったかもしれない。

ゆっくりと存在Aに視線を戻すと真っ黒な目がこちらを見下ろし、腕を乱暴に握られた。その勢いで床に転がる。

「おい！　何しやがる！」

『羽虫、何をしたの？』

「は？　さっきからなんの話だよ」

『あの砂、僕らを邪魔する奴、そいつはどこにいる？』

「知らねぇよ、離せ」

握られた腕を振り解こうとしたが、相変わらずの馬鹿力でビクともしない。

アイテムボックスからハバネロパウダーを掴み存在Aに投げつける、が効果はない。

魔法を使おうとすれば床に押さえつけられる。

存在Ａが真っ黒に染まった目を見開きながら、ゆっくりと小さな手を顔に近づけてくる。

『やっぱり害虫は駆除しないと』

クソ、何かないのか、何か――

【調味料X】　魔法の粉／ＭＰ100

ＭＰはギリギリある。迷っている暇はない。これに賭けるか。

「『魔法の粉』」

手元が眩しく光ると、ＭＰが急に残り1になったせいで吐き気がするのを飲み込む。

放たれた光を存在Ａが警戒したのか、いつの間にか俺から距離を取るように部屋の反対側で首を左右に傾げながら鼻で不満げに笑う。

『小賢しい』

握っていた右手を開き、魔法の粉とやらを確認する。

なんだこれ、青い粉に砂金が交じっているのか？

魔法の粉を鑑定する前に、存在Ａが再び目の前に立つ。お前、さっきあっちにいただろうが！

瞬間移動かよ！

『じゃあね。羽虫』

ヤバい。

考えるより先に、右手の魔法の粉を存在Aの顔へ向け投げた。

魔法の粉が存在Aの顔に直撃する。

どうだ？　なんだか反応は薄い。ほんの少し手を止めたに過ぎない。

嘘だろ！

『僕らにお前の攻撃は効かないよ。羽虫、死ぬ時間だよ』

存在Aに顔を掴まれる。こいつ今回は本気だ。

やめろ！

顔に指が食い込む感覚がするが、途中で止まる。顔を覆う指の間から存在Aの顔を見れば、魔法の粉が付着した場所から青黒い煙が上がっていた。

魔法の粉が効いている……のか？

『あれ、なんで熱いの？　これ何……熱い熱い熱い』

顔をかきむしりながら、存在Aが床に転がり悶絶《もんぜつ》する。

「効いている……」

息をしながら笑いが漏れる。

存在Aが顔をかきむしるたびに、黒い粒子のようなものが宙を飛び始めたので手で口を覆う。

『熱い熱い』

存在Aから無数の叫び声が聞こえる。呆然とその様子を見ていたが、すぐに我に返る。これは……こいつを始末するチャンスだよな？

アイテムボックスから大剣を出し、苦しむ存在Ａに向け……躊躇する。

人に見えるからか、手が動かない。

傍から見たら俺が小さな子をいじめているかのようだ。

いや、こいつは小さな子供ではない。

人型の魔物と同じだ。やらなければやられる。やるしかない。躊躇していた腕を叩き、剣を振り上げ存在Ａに突き刺す。

「クソッ」

もたついている間に時間切れになり、存在Ａは消えていた。代わりに床は、剣で突いたせいで大きな傷がつき抉れていた。

「あああ。どうすんだよ、これ！」

「キュイ？」

「キモイ……」

時間の進みは通常に戻ったようだ。キモイが床の抉れた場所をグルグルと回りながら何かを確認している傍らで肩を落とす。

ライトを唱え、床の傷の深さを確認してため息をつく。

「結構大きな傷だな、おい」

まぁ、奴を仕留めるつもりで力いっぱいに刺したからな。そりゃ、こんな傷もつくよな。

これ……補修費用いくらなんだ？　マジで厄災だな、存在Ａ。

だが、収穫はあった。あの魔法の粉、存在Aのあそこまでの反応……死んではいないだろうが、結構なダメージを与えた。

調味料Xがどうやって生えてきたのか知らないが、存在Aを撃退……いや、上手く使えば消すことすらできるかもしれない。

緊張感が解けると、急に腹に入れていた卵のことを思い出す。すぐに確認のために腹から出して鑑定をする。

「良かった。無事だ」

小窓から外を見るが、まだ暗い。ドアを開け廊下を見るが誰もいない。相当大きな音を出していたが、あの謎の時間の歪みのおかげで、その音は周りには聞こえていないようだ。

床の傷については朝にでもローザに相談するしかないな。

「痛い出費にならないといいけどなぁ」

卵を腹に戻し、床の傷を蝕手で触るキモイを持ち上げる。

「とりあえず、寝るぞ」

枕に顔を埋めると、頭を打ったことを思い出す。

「『治療』『治療』」

8　ようこそ

翌朝早くに目覚める。身体はやや怠《だる》い。昨日のことが夢ならばと床を確認して落胆する。抉られた部分は健在だ。

「キモイ、起きる時間だぞ」

丸まって膝の裏で寝ていたキモイの横には、小さな丸い鉄の塊が落ちていた。昨日、下水道で錆を食った時のだろう。とりあえず鉄玉はアイテムボックスへと入れる。

「キモイ、いつまで寝ている」

どうやらキモイも今朝は起きたくないようだ。

「ほら、これでどうだ」

アイテムボックスから出した魔物に粉砂糖をまぶせば、カッと目を見開き、目にも見えない速さで魔物の上に飛び乗り吸収し始めた。

キモイの食事が終了する頃には準備ができたので、ローザの元へと向かう。

「おはよう。今日は早いんだね」

「ローザ、実は剣を……落としてしまい床を傷つけた。修繕費用は弁償する。申し訳ない」

頭を下げるとローザが驚いたような顔をした。

「傷なんてたくさんついているから気にしないよ」

「いや、ちょっと見に来てくれないか」

多分ローザが考えているような可愛い傷ではない。

ローザとともに部屋へと戻る。

「あらまぁ、大胆にやったわね」

「本当に申し訳ない」

「いいのよ。冒険者がつけた傷跡はたくさんあるから。ただ、これは板を一枚替えないと下の階が見えそうだね」

真下の部屋には今は誰も泊まっていないらしい。板の張り替え代とその期間に宿泊利用できない下の部屋の代金を払うことを伝えれば、ローザは目を丸くした。

「別に他の部屋は空いているのだからいいよ」

「だが――」

「じゃあ、そうだね。板の張り替えは今日頼むから、その間に満室になって客が泊まれなかったら料金をいただくよ。それでいい？」

「ああ、よろしく頼む。修繕費用はどれくらいかかりそうか分かるか？」

「そうだねぇ。銅貨数枚で済むのでは？」

「そうか。それなら払えそうだ」

その後食堂に戻り、朝飯で腹を満たすと掃除ギルドへと出発した。

◆　◆　◆

掃除ギルドに到着したが……ここで間違いないよな？　赤と金色の豪華で大きな建物を見上げる。
中から若い男女数人の兎人族が掃除用具を持って出てきたので、声をかける。

「すまない。ここが掃除ギルドで合っているのか？」

「ええ、そうよ」

答えたのは一番身長の高い兎人族の女性だった。身長が高いといっても、百六十センチあるかないかだ。

「やっぱりそうだったのか。引き留めてすまない」

「お兄さん、掃除の依頼なの？」

「いや、掃除ギルドに登録――って、おい！」

言葉を終わらせる前に兎人族たちにがっちりホールドされる。無駄に力が強いな。

「お兄さん任せて、私たち案内するから」

「いや、目の前だし案内なんていらないぞ」

「いいからいいから」

そうやって強引に掃除ギルドへと連れていかれた。
兎人族たちにがっちり囲まれながら案内されたのは、掃除ギルドの受付だった。外装とは違い、シンプルで清潔感のある受付には、すらりとした二十代の青い髪の受付嬢がいた。

「リンさん、ギルドに登録希望の新人を見つけてきたよ！」

兎人族の青年がそう言うと、リンと呼ばれた受付嬢が困った顔をする。

「あなたたち、報酬が出るからって無理やり連れてきたのじゃないでしょうね？」

「違うよ。ギルドに登録したいって確認したよ」

リンが俺に視線を合わせ尋ねる。

「この子たちが言っていることは本当なのですか？」

「本当だが、登録する前に説明を受けて考えたい」

「そうなのですね。分かりました」

俺を囲む兎人族の男女が一斉に喋り始める。

「お試しでも報酬出るんですよね？」

「私たちが連れてきました」

いやいや、お前たちはたまたまギルドの目の前にいただけだろう？

「もういい加減に放してくれないか？」

そう言ったが、放してくれる気配はない。

眉間に皺を寄せ、リンが尋ねる。

「本当にあなたたちがこの人を連れてきたのなら、彼を名前で紹介してちょうだい」

「えーと、ジョンです」

堂々と適当な名前で嘘をつく兎人族の女性に、驚きを通り越して呆れてしまう。

「俺の名前はジョンではないし、こいつらともギルドの外で会っただけだ」

リンがため息をつきながら、兎人族たちを叱る。

「あなたたち、ギルド長に報告しますよ」

リンがギルド長の名前を出すと、全員の耳がピンと立ち蜘蛛《くも》の子が散るように去っていった。

「逃げるの早いな」

「申し訳ございません。今、我々のギルドは人手不足でして……短期ですが新人を紹介したら報酬が出ることになっており、あのようなことに」

「そうだったのか。特に被害はないから謝らないでくれ」

「ありがとうございます。それで、掃除ギルドへの登録に興味があるのですよね？」

切り替えるように受付から身を乗り出しながら目をギラギラさせたリンに一歩後ずさりをしてしまう。

「そうだが……」

「ではでは、説明をさせていただきます。こちらの個室へどうぞ」

リンは別の受付嬢に受付を任せると、個室へと向かったので後ろをついていった。

個室に入るとお茶やお茶菓子を出される。お茶菓子は大量のピーナッツが集まった丸い形のものだった。一応、鑑定をする。

【ルイボスティー】　良好
【ピーナッツ飴菓子】　良好

俺のこと何も知らないのにこの厚待遇……これはデフォルトじゃないよな？　このギルドはよっぽど人手不足のようだ。

ピーナッツの菓子に口をつけると、キモイが鞄から蝕手を出してしまい、リンが驚きながら手を口に当てる。

「まぁ、スライム」

「ああ、すまない。驚かせてしまったか？」

「いえいえ、魔物に懐かれている方は久しぶりに見ましたので。しかし、スライムですか……ますます掃除ギルドに登録すべきです！」

リンが興奮しながら言う。

「できれば掃除ギルドの説明を頼む」

「は、はい。そうですね。まずは自己紹介ですが、私は受付嬢のリンと申します」

「リツだ」

「リツさんですね。よろしくお願いいたします」

鞄に何度も視線を移すリンにキモイも紹介する。

「こいつはキモイだ」

「キモイ……ですか。変わった名前ですが愛らしいですね」

「基本無害なので安心してくれ」

丁寧な対応だが念のために鑑定をする。

【リン（26）】　普通　15　聞き耳

スキルの聞き耳を調べれば、人の会話を遠くからでも聞くことのできるスキルだという。受付嬢なら特に使えるスキルなのかもしれない。

「それでは掃除ギルドの説明をさせていただきます」

リンの説明によると掃除ギルドはその名の通り、基本は家や街の掃除をしているという。報酬は掃除の範囲や難易度によって決まる時が多いが、大体は銅貨五枚から銀貨二枚が相場のようだ。そこから掃除ギルドの手数料が四割引かれ、残りが懐に入るという。

「銀貨二枚は凄いな」

「掃除の難易度も上がり数日かかる場合もありますので。あとは定期の契約を取りつけた場合には歩合給もお支払いします」

「家や街以外の掃除もしていると聞いたが、その辺はどうなのだ？」

「そちらは完全歩合制になりますが……新人にはまず任せておりません」

その後、話を聞いている限り、掃除ギルドは実力主義のようだ。ただ、以前会った掃除ギルドの少年ラオも言っていた、ポリシーが多い。

『タダで掃除はしない』

『働いた分だけ請求』

『理不尽な依頼は受けつけない』

『自分の間違いは認める』

『言い訳より掃除をしろ』

個室の目立つところに大きな字で書いてある額縁を見上げる。

「掃除ギルドの方針なのか？」

「これは、この街のギルドのみの方針です。これもギルド長が自ら書いたものです」

「そうなのか」

どうやら基本の条件は同じだが、ポリシーは街によって違うようだ。ここのギルド長のポリシーは悪くない。試しに業務を体験したいことを申し出る。

「一週間の試用期間を設けております。身分証の発行はそれから一カ月後になります」

一カ月後に発行か……。まぁ、それまでこの街に滞在できる。身分証は一カ月有効のものが発行されるらしい。一カ月もあればエドワードのいるファレンスに到着できるはずだ。タイピンを使うと目立つのでできれば身分証で街に入りたい。

「ああ、分かった」

「そうですか！　それでは早速やっていただきたい依頼がございます」

リンが奥の棚から持ってきた大量の依頼書を目の前にどんと置く。

「結構な量だな」

「ええ。リツさんは初めてなので……こちらの依頼をおすすめします」

目の前に数枚の依頼書が出される。

見れば、家の掃除、塀の掃除、店前の掃除と比較的軽そうな依頼が多かった。これなら問題なくできそうだな。

「なら、この塀の掃除で頼む」

「こちらですね。今日は初めてですので、パートナーをつけますね」

そう言ってリンに紹介されたのは、運搬ギルドのような脳筋――ではなく、職業案内所で会った兎人族のラオ少年だった。

「あ、カーペットのお兄さん」

「リツだ」

「あら、ラオ、知り合いなのですか？」

「はい。以前ちょっと掃除を手伝ってもらって」

「それなら話は早いです。リツさんは今日から一週間の試用期間になるので、慣れるまで数日はラオが指導してくれるかしら？」

「はい。でも、僕も仕事が詰まってて」

「そうね。ラオの仕事、いくつかは別の人に回すので、比較的簡単なのをリツさんと回ってくれるかしら？　もちろん別途報酬も出すわよ」

「それなら大丈夫です」

数日トレーニングも兼ねてラオ少年と掃除の依頼を受けることになった。

「それでは、掃除が終わりましたら一度ギルドに報告に戻ってきてください」

掃除ギルドのほとんどの依頼は前払いだそうだが、塀の掃除や時折入る数カ月に一度の常連の依頼主の代金は、掃除したその日の受け取りになるということだった。

ラオがリンに自分の依頼書を数枚渡すと、残ったのは窓の掃除、屋根の掃除、それから俺の選んだ塀の掃除だった。

とりあえず、今日一番に向かうのは先ほどの塀の掃除だ。ちなみに塀の掃除は銅貨八枚の報酬だった。

掃除ギルドを出発して塀の掃除に向かう途中、ラオが振り向きながら言う。

「お兄さん――リツさん、数日よろしく」

「リツでいい」

「じゃあ、少し歩くけどついてきて。今日は三件の依頼だけど、夕方前には終わりたいから少し急ぐけど大丈夫？」

「ああ、もちろんだ」

そう言って歩き出したラオは素早く道を進む。ラオは見た目は十二、三歳の少年だが、その軽快な歩きに俺も早足になる。俺がついてこられると分かると、さらにスピードを上げた。一応、ラオの鑑定をする。

【ラオ（14）】　良好　12　俊足

道理で足が速いわけだ。リンの話だと、ラオはギルドの中でも掃除が早いと評判らしい。この動きだったら移動時間を短縮できるだろうから、一日に何件も依頼をこなすことができるのだろう。

最初の依頼主の元へと到着する。家の前の塀は石造りで、土や汚れで黒く変色していた。だいぶ見た目が悪い汚れ方だ。

「やっと来てくれたか！　遅かったじゃないか！」

家主の中年の男が鼻息を荒くしながら言う。

「遅くなり申し訳ありません」

「もう二週間以上も待ったのだぞ！」

「今からやります。綺麗にしますのでお任せください」

「うぐ……分かった」

「塀の掃除の代金は銅貨八枚になります」

「ああ」

ラオが代金について男と何度も確認すれば、男が面倒そうに怒鳴る。

「分かったから、早く掃除をしろ！」

中年の男はそう言いながらもまだ納得の行かない顔をしていたが、了承を得たので掃除を始める。

ラオが袋から掃除用具のブラシやバケツを取り出す。鑑定すればアイテムバッグ（小）と出た。

聞けば、アイテムバッグは給料を貯めて買ったという。以前は大荷物の掃除用具を背負って移動していたというから、それは大変だっただろうなと思う。

ラオがバケツに入った水を塀にかけようとするのを止める。

「ここは俺がやってもいいか？」

「はい。もちろん」

「キモイ、出番だぞ」

「ああ、スライムを使うのか」

塀に粉砂糖を振り撒くと、鞄に入っていたキモイが大急ぎで飛び出して塀にぴったりとくっつく。

あとはいつものように某お掃除ロボ状態で動き始めた。少しすると真っ黒に汚れていた塀はあっという間に新品のような綺麗なレンガ色に戻り始めていた
「す、凄い。スライムにここまでの特技があったなんて。掃除ギルドに欲しい……」

ラオが目を輝かせながらキモイを見つめると、掃除の終わったキモイは鞄の中に隠れた。

「人見知りだから、そんなに見つめると隠れてしまう」

「あ、ごめん。珍しくて、つい。あとは残っている雑草を取ったらおしまいだ」

ラオと一緒に塀の根元のところどころに生えた雑草を除去すること十数分、雑草抜きが終わると掃除は終了した。キモイのおかげでかなりの時間短縮だ。当の本人は嬉しそうに俺の頭の上で触手を揺らしているが。

塀が綺麗になるだけで家全体の印象がより明るく清潔感のある佇《たたず》まいに変わった。

「予定より随分早いけど掃除も終了したし、依頼主から代金と完了確認の署名をもらおう」

ラオが少し憂鬱《ゆううつ》そうに言うので尋ねる。

「何かあるのか？」

「さっきの男、たまに掃除に難癖つけて値切ろうとする」

「そういう奴多いのか？」

「十回に一回程度」

結構多いな。ラオが言うには、さっきの男の父親はお得意さんだったが、最近亡くなってからは何かしら掃除にケチをつけて値切るようになったという。

まぁ、前世のクライアントにもそういう奴はいたよな。

昔のことを思い出し、苦笑いをしながらラオと先ほどの中年の元に代金を受け取りに行くと、男は訝《いぶか》しい顔をしながら鼻で笑う。

「もう終わっただと。そんなに早く終わるわけがないだろ。中途半端な仕事をするのならこちらは支払いなんぞしない」

中年の男に笑顔で言う。こういう時は笑顔が一番だ。

「玄関先で話しても意味がないので、塀を見てから判断してくれませんか？」

中年の男は颯爽と口角を上げながら出てきたが、塀を見た途端目を丸くしながら口をポカンと開けた。

「掃除は終了したということでよろしいですか？」

「あ、ああ……」

「代金は銅貨八枚になります」

「あ、ああ……」

呆然としたままの男から代金を受け取り、完了確認の紙に署名をもらうと次の掃除に向かうべく家を後にする。

「あの人にあんなにすんなり署名もらえたのは初めてだ」

「掃除は完璧だったからな。次はどこだ？」

「次は屋根の掃除」

次に向かった平屋の家の女性は気さくで、暑いだろうからとレモネードまで用意してくれていた。ちょうど暑いと思っていたので助かった。

「美味いです」

「もっとあるからたくさん飲んでね。暑い中、来てくれてありがとうね」

そんな言葉になんだか俄然《がぜん》やる気が出た俺はチョロいかもな。

ラオが屋根にワンジャンプで跳び上がる。鑑定には出ていないがどうやら跳躍的なスキルもあるようだ。

俺はというと、腹の卵を気遣いながら、もたもたと屋根によじ登った。先に屋根に到着したキモイの俺を見つめる視線が少し痛かった。

「排水口に詰まった落ち葉をすくい出します」

ぎっしりとソーセージのように屋根の排水口に詰まった土と埃が交じってぐちゃぐちゃになっている。ところどころ真新しい藻も生えていた。そんな落ち葉の中にラオが躊躇なく手を突っ込み、袋に入れながら除去し始めた。

「手袋はしないのか？　怪我したら危ないぞ」

「手袋は革製が多いので掃除には向かない」

ああ、軍手とか防水手袋とかないのか……。ラオの手はあちこちに古傷があり、少年の手にしては厚く太い。キモイがやれば一瞬で綺麗になるだろうが、自分の分は働くと頑なに言うラオにここは任せて、俺は黒くなった屋根の瓦を掃除することにした。といっても、もちろんキモイ掃除ロボにやってもらう。俺がちまちまやっても意味がないだけではなく、腹には卵があるので正直活発に動くことを躊躇している。

粉砂糖を屋根に撒き、俺は屋根に生えた雑草を除去していく。

瓦の段差もあり先ほどの塀よりも時間はかかったが、一時間ほどでキモイの掃除が終了。黒かった瓦が鮮やかなオレンジ色になったのには驚いた。

　足元にやってきた嬉しそうなキモイを持ち上げる。

「お前、底なしなのか？」

「キュイ」

　こいつには腹いっぱいになるとかいう概念はないのか。鑑定すれば超良好なので問題はないだろうが……。

　そんなことをしていたら急に卵を入れていた腹が熱くなる。

「お？　なんだ」

　シャツの中を覗くと、卵がカタカタと小さく揺れていた。軽く腹に手を置くと熱を帯びている……それに、なんか魔力が減っているような気がしたのでステータスを確認すれば、ＭＰが10減っていた。

　この卵、俺の魔力を吸っているのか？　それは困る。

「リツ、こっちは終了」

「ああ、俺もこっちの草抜いたら終わりだ」

「今日はスライムのおかげで通常の半分以下の時間で掃除が終わっている。もう一つくらい依頼を残すべきだったかな」

　ラオが悔しそうに言う。

「それよりその手、怪我しているだろう」

「かすり傷だ」

「かすり傷でも気をつけないと危ないぞ。見せてみろ」

ラオの手にクリーン、それから治療をかけると傷口が塞がっていった。

「治癒……」

「違う。かすり傷が治せる程度のもんだ」

「そうか。ありがとう」

その後、またレモネードをもらい、依頼主から銀貨一枚を受け取ると、次の窓の掃除へと向かった。

窓の掃除はキモイのハイテンションで即座に終了。これは定期の契約掃除らしく、料金はすでに前払いされていた。


予定よりも随分早く掃除ギルドへと戻ったものだから、リンが首を傾げながらラオに尋ねる。

「何か問題がありました？」

「掃除が終了したから戻ってきた」

「え？　そんなはずは……まだ夕方前ですよ」

「リツは俺がいなくても掃除に問題はない。明日から一人でも大丈夫だ」

「そうですか……ラオがそう言うのなら間違いないでしょう。リツさん、試用期間は変わりませんが、明日からは一人でも大丈夫でしょうか？」

「今日のような感じだったら特に問題はない」

「分かりました。それでは後ほど明日の掃除を配分しましょう」

ラオがリンに今日の現金分の掃除代金を報告しながら渡す。ここからギルドの手数料四割が引かれ、残りが労働の対価になる。

今日は塀と屋根の掃除が合わせて銀貨一枚と銅貨八枚。四割の手数料を引かれ銀貨一枚に鉄貨八枚の儲けになる。定期の掃除分はまとめて週一でもらえるそうだ。

四割も持っていかれるのは結構えぐいと思ったが、掃除を失敗しても損失は請求されないという。その代わり次回の依頼から掃除の難易度を下げられ、稼ぎに支障が出るが。

今日の儲けをトレーに載せたリンに、ラオが言う。

「半分はリツの分だ」

「試用期間中なのに半分もいいのか？」

「今日の掃除はほとんどリツの手柄だ。それに俺は別途報酬ももらえるから」

それなら数日新人教育を引き受ければいいものをと言ったが、ラオはそんな不必要な時間を過ごすのは性に合わないようで断られた。ラオはこの年齢で立派だな。

「じゃあ、遠慮なくもらう」

ラオから銅貨五枚と鉄貨四枚を受け取る。

その後、ラオはもう一件掃除に行くとギルドを後にした。タフだな。

「キモイ、俺たちは帰って飯にするか」

「キュイ！」

明日の掃除依頼を二枚選びギルドを出ようとすれば、リンに止められた。

「リツさん、お待ちください。ギルド長からお話があるということです」

「へ？　ギルド長？」

「はい。戻ってきたら執務室に案内するようにと申しつけられておりました。お知り合いだったのですね」

「い、いや、知らないが」

なんの話だ？　掃除ギルドとの接点といえば、職業案内所のあの婆さんくらいだが。

リンに案内され掃除ギルド長の執務室へと向かうと、いたのはやはり以前遭遇したあの婆さん、ユーシーだった。

「リツ、また会ったの。まぁ、座って話をしようじゃないか」

「あ、ああ……」

リンが執務室を退出、ユーシーに急かされ椅子に座る。

「前にも自己紹介したが、あたしはユーシー。この街の掃除ギルド長をやらせてもらっている」

「ギルド長だったのか」

鞄の中にいたキモイがひょっこりと顔を出すと、ユーシーを凝視した。

「ほぉ、これが噂のスライムかい。これは……変わった個体だね。他のスライムより明らかに強そうだ」

「分かるのか？」

「伊達《だて》に長生きしてないよ」

キモイがポヨンポヨンと飛び跳ね俺の頭の上まで登る。

「こいつはキモイっていう。俺の——相棒だ」

「そうかい。掃除が得意だと聞いた」

「まぁ、ある程度は……」

ユーシーが俺と目を合わせたまま無言になる。なんだ？

「単刀直入に聞く。リツ、最近、勝手に下水道に入っただろ」

少し動揺する。まさか急にそんな質問をされるとは思っていなかった。誰にも気づかれずに下水道から出たつもりだった。

ユーシーを見れば、満面の笑みで俺の返事を待っている。誤魔化《ごまか》してみるか。

「なんの話だ」

「とぼけるのはやめな。下水道のこびりついた汚れを短時間であそこまで綺麗にできるのは、そのスライムしかいないよ」

ユーシーはどうやらカーペットの掃除の件をラオから報告されていたらしい。誤魔化しは通じなさそうだ。バレたのなら仕方がない。

「ああ、そうだが。何か問題があるのか」

「問題はない……いや、問題だね。あんな完璧な無料の掃除をやられたら、あたしらが困る。律儀に扉を壊した費用まで置いていったのもリツだろ？　馬鹿なのかあんたは」

「いや、一応、壊してしまったからな」

下水道の扉を壊した修理費として金を置いていったことも把握されていた。どうやら掃除がされていたことで役人から連絡が入っていたようだ。

「今、下水道はとある理由で掃除はしていないから余計に困った」

「とある理由とは？」

「気になるかい？」

ユーシーが口角を上げながら言う。

「まぁ、そこまで聞いたのなら」

「下水道に最近面倒なのが根を張っているようでね。リツは何か気づかなかったか？」

下水道で遭遇しそうになったあの柄の悪い二人組を思い出す。あの死んでしまったメタル・ハーピーイーグルにはバツ印の上に三つ点の焼き印もあった。実に関わりたくない話だ。

「いや、何も知らない。たまたまキモイが下水道に落ちて、拾いに降りたら上がれなくなったので出口を探していただけだ」

「ほうほう。そうかい」

「ああ、だから――」

「リツは嘘が下手くそだね」

「なっ、いや――」

「じゃあ、その腹にいるのはなんだい？」

ユーシーが俺の腹を見ながら優越感に満ちた顔をしてやがる。クソッ、なんでバレている。

「どこまで把握している？」

「リツがリスタ村の英雄で蒼騎士団の団長の信頼を得ており、下水道に入って掃除。腹に何か魔力を発するものを所持しているってくらいだね。それは魔物だろう？　最初に会った時にはそのようなものは持っていなかったが、さてさてどこで拾ったのかの」

ほぼ全部把握しているじゃねぇか。

「俺を調べたのか？」

「懐かれだけでも珍しいからの。それにラオの話だと掃除も得意というからね。引き入れる前にリツの人となりを調べていたら、自らあたしの手元に飛び込んできたからね、驚いたわよ」

「……できれば問題事は避けたいのだが」

「そう構えなくともあたしは掃除以外、さほど興味がないよ。だが最近、とある魔物を捜し回っている奴らの噂は聞いている」

大方、スライムのオアシスで見かけたあの男たちと仲間だろうが、親のメタル・ハーピーイーグルにあんな仕打ちをする奴らの手にこの卵を渡すつもりは毛頭ない。

「この卵は俺が育てる」

「おや、それは卵なのかい？　魔力は感じたが……そうかい、卵かい。そりゃ大切にしないとね」

スキルなのか長年の経験なのか、ユーシーには魔力が見えているようだ。

ユーシーには謎が多い。まずは兎人族なのに他と違い、耳や尻尾がない。兎耳を探そうと頭を何度も凝視しすぎたのか、ユーシーが笑う。

「どうやらあたしが獣人だとも気づいているようだね。探し物はこれかい？」

そう言うとユーシーの頭から巨大な兎耳が生えてきた。耳はぐんぐんと伸び、床にまで到達した。

「うわっ」

なんだよ、このサイズは！　大きすぎるだろ！

「こんなものぶら下げて歩くのは面倒でね、だから普段は消している。亜人だとなめてくる奴もいるからちょうどいいのさ」

レベル61のユーシー相手になめてかかる奴はよっぽど危機感がないとしか言えない。

クルクルと耳をしまったユーシーの頭を凝視する。この小さな頭のどこに耳が収まった？

「気になるのかい？」

「スキル――いや、大丈夫だ」

スキルなのかと尋ねようとしてやめる。ここの文化では、人にスキルを尋ねるのは失礼だからな。

「スキルじゃないよ。兎人族はある程度の鍛錬を積めば、自由に耳の出し入れをできるだけだ」

「そうなのか。凄いな」

「リツは変わっているね」

「そうか？」

「ああ、この国でもまだまだ獣人を下に見ている人族は多い。リツからは一切それを感じない」

まぁ、俺はこの世界の出身じゃないからそんな過去も知らないし、ましてやそんな固定観念を植えつけられてもいないだけだ。

「差別があるのか？」

「昔と比べたら天と地だよ。王様と領主様に感謝だね」

「そうだったのか」

　この国の王は十年前ほどに即位、それから無数の法の改正を行い、国民が住みやすい環境を整えてくれているらしい。この街の領主のバルバロス辺境伯は、今の王が即位するや否や、腐敗した貴族をともに一掃したという。

「掃除屋はその際の活躍が認められて、こうやって大きなギルドを各地に持つことができたのだよ。感謝しかないね、まったく」

　それは一体何をどうやって掃除したのか——などとは聞けなかった。

「それで俺を呼び出した理由は、下水道のことだったのか？」

「まぁ、それもあるが……リツ、お前、本当に人族か？」

「は？」

「獣人でも亜人でもない。なんだろうね、そのリツの魔力の質は」

　魔力の質……？　まさかそれは俺が上位人族だから、普通の人族とは魔力の質が違うということか？

「俺は人族だ」

「そうかい。まぁ、そういうことにしてあげようね。掃除ギルドはリツを歓迎するよ」

「まだ試用期間だ」

「ああ、そうだったね。明日はなんの掃除をする予定だい？」

ユーシーに先ほど選んだ掃除の内容を見せると、机の上にあった別の依頼書を一枚抜き渡される。

渡された依頼の内容を見れば、とある孤児院の掃除の依頼だった。依頼料は銀貨二枚だ。銀貨二枚はリンに聞いていた高額の依頼だ。そんな依頼を新人の俺に渡す理由が気になる。

「これはなんだ？」

「新人だろ？　初めは旨い仕事が欲しいのではないのかい？」

「なんで孤児院の掃除がこんなに高額になっている？」

「孤児院は久しぶりの掃除だからね。数日はかかる依頼だよ」

依頼主の欄を確認すれば、ユーシーの名前が書いてあった。

「これはギルドが出した依頼なのか？」

「いいや、私個人だよ」

「……分かった」

なんだか怪しいが、依頼の内容は普通の掃除だったので承諾する。

「話が早いね。それなら早速で悪いが、明日の朝一番にお願いできるかい？　場所はここだから」

ユーシーから孤児院に星印のついた地図を渡され、道順や孤児院での掃除で気をつけることを細かく説明された。なんだか、用意が良すぎるな。

「準備をしていたのか？」

「新人には手厚くするのがあたしのポリシーだよ」

「……そうか。では明日、孤児院に向かうとする」

「ああ、よろしくね」

ユーシーとの話が終わり、掃除ギルドを後にする。

思ったより時間を取られたな。

帰り道、ユーシーの依頼を受けたことを若干後悔する。

「キュイ？」

「いや、なんでもない。宿へ戻るぞ」

9　新しい仲間と孤児院

ローザの宿に戻ると、また卵にＭＰが吸われたような気がした。ステータスを確認すれば、やはりＭＰが10減っていた。

今日はこれで二回目、20ＭＰ吸われたのだが……この卵からＭＰを常に吸われ続けるのは問題だ。大体、いつ孵化をするのか予定も分からない。

受付にいたカリナが笑顔で手を振る。

「お兄さん、お帰り」

俺に挨拶したカリナだが、視線は頭の上にいるキモイに向けられている。カリナはなんとかして仲良くなりたいようだが、キモイは無反応だ。

「部屋の床の傷はどうなったか分かるか？」

「うん。今日大工が来ていたよ。多分、直っているかな。お母さんを呼んでくるから待ってて」

カリナがローザを連れてくる間、大きな欠伸をする。今日は慣れないことをしたからか、眠い。

ローザがエプロンで手を拭きながら受付へとやってくる。

「はいはい。お帰り。床ね、ちゃんと直してもらったわよ。部屋は問題なく普通に使えるわよ」

「そうか。それは、良かった。迷惑をかけたな。それで、代金はいくらだ？」

「銅貨六枚よ」

銀貨一枚を渡すと、ローザが困惑して返そうとする。

「迷惑料も込みだ。受け取ってくれ」

「そんな迷惑なんてしてないわよ」

「俺の自己満だと思って受け取ってくれ」

「分かったわ。じゃあ、今回はもらっておくわね。夕食は食べていくのかい？」

ローザに返事をしようとすれば、またＭＰが減少し腹が熱くなるのを感じた。

「……いや、今日は疲れたので少し休んでから後で食いに下りる」

「はいはい。じゃあ、ゆっくり休んでね」

ローザと別れ、早足で部屋へと戻り扉を閉め、鍵をかける。

床は一目ではどこを修理したか分からないくらい、元通りになっていた。

「熱っ――」

熱くなっていく卵を掴み、腹からベッドへと置く。

「あー、待て待てキモイ。そんなに近づいたら火傷するだろ」

卵に近づくキモイを急いで抱え上げれば、カタカタと卵が揺れ始めた。これは、孵化するのか？

床の修理をしたばかりなのに、次はブランケットを台無しにするのを避けるため、何かを下に敷こうとアイテムボックスを探すが何もない。仕方ない。魔物の死骸を――

「キュイ！」

俺の腕からすり抜けたキモイが卵を身体の上に載せると蒸気が上がる。

「おい！　キモイ！」

「キュイ！」

ビシッとキモイが触手を上げる。大丈夫……なのか？

キモイを鑑定すれば、良好の表示が出る。大丈夫ならいいのだが……。

卵に触れる。まだ熱いが、触れられないほどの温度ではない。卵に触れた指先から、またＭＰを吸われる感覚がする。

ＭＰ：　１０８／１４０

まだＭＰは１００以上あるが、この調子で吸われ続けたら確実に足りなくなる。

ＭＰを吸収して成長する種類なのか？

卵に手を再び添えると、ＭＰを一気に50も抜かれる。

「うわっ」

焦って卵から手を放せば、卵の側面に一筋の亀裂が走る。亀裂は徐々に枝分かれすると、卵の内側から黒い嘴《くちばし》が殻を突き破った。

割れた部分から覗けば、中で白い生物がモゾモゾと動くのが見えた。メタル・ハーピーイーグルの雛《ひな》だ。

その後、しばらく卵を眺めていたが進展はないのでベッドに横になり、欠伸をしながら首の骨を鳴らす。二、三時間は経っただろうか。

「もう今日は食堂には行けそうもないな」

大音量で腹が鳴ると、腹が空いていたのに気づく。

「キュイ……」

「キモイも腹減ったよな。卵は枕の上に置いていいぞ。とにかく飯にするぞ」

「キュイ！」

キモイには狩っていた魔物、俺は屋台で購入していたロコス焼きを食う。

「これ、やっぱり美味いな」

キモイもビシッと手を上げる。頑張ったキモイには残っていた干しマンゴーも与えると、プルプルと嬉しそうに揺れた。

明日は孤児院の掃除だが、この殻に入ったままの雛はどうすればいいのか……俺が卵を割って出すのも違うよな。

分からないので、ひとまず寝る準備を始めれば、雛が激しく動き再び殻の一部を破壊する。卵が完全に二つに割れると、中から力が抜けたように雛が枕の上に倒れた。

「生まれたが……これは大丈夫なのか？」

急いで雛の鑑定をする。

【メタル・ハーピーイーグル（0）】　普通　0

状態が普通と出ているが、殻を破る動作で体力を消耗している。年齢もレベルも0、スキルの表示はまだないようだ。

疲れて横たわる雛は羽が濡れているが、身体は白く嘴は黒い。寒くないように持っていたタオルで包む。雛は目を瞑って反応はないが、起きたら餌を食うのか？

「餌……ああ、餌は考えていなかったな」

まず、いつ孵化するのか分からなかっただけではなく、本当に孵化するのか疑問だった。

アイテムボックスを確認すれば、キモイの狩ったミミズがまだ残っていた。

「キモイ、お前のミミズを少しもらうぞ」

「キュイ！」

ミミズを切る作業は気持ち悪かったが、作業が終わる頃には雛が動くのが見えたので確認すれば、真っ赤な目を見開いていた。乾燥した羽は真っ白で、その赤い目をより際立たせていた。

「目は開いているが、これはまだ見えてないな」

目の前で手を動かしたが、雛は全く気づいていない様子だった。

ひとまず小さく切ったミミズを雛の口に近づけるが、無反応だった。前世で見た鳥の雛の動画は口を大きく開けて餌をねだるものばかりだったが、こいつは違うのか。

「魔力が欲しいのか？」

ステータスを確認する。

MP：　95／140

ＭＰはほどほどに回復したが……そっと雛に手を伸ばすと、一気に30ほどＭＰを吸われる。

「どれだけ吸うんだよ」

雛は俺のＭＰを吸うと満足そうに目を閉じた。

「俺のＭＰを吸っただけでなく、俺の枕も占領したまま寝るのかよ」

その後少し雛を観察する。

可愛いが、俺の魔力を吸い尽くしそうで触るのは怖いな。

そんなことを考えていたら、いつの間にか瞼を閉じていた。

朝、ムズムズした鼻の痒さに目覚めると、ふてぶてしく顔面に雛が座っていた。

「は？　おい！」

「ピッピッ」

「あ、こら、突くな」

顔を突く雛を掴み、眉間に皺を寄せる。真っ白のフワフワな姿は変わらないが、そのサイズは昨晩の倍以上、片手にみっちり入るサイズに丸々と成長していた。なんだ、これ……。

「キュイ！」

「あ、こら。跳ねるな」

元気良く腹の上で跳ねるキモイを払う。

雛を掴んだまま起き上がると、雛が鳴き始めた。

「ピッピピッピッ」

「ああ、悪い悪い」

ベッドの上に雛を置き、もう一度観察する。

「やっぱりかなり成長しているな」

尋常じゃない速度での成長だが、前世の鳥と違い魔物だからだろうか。一瞬、魔力を吸われると躊躇したが軽く人差し指を出せば、雛が大きく口を開いた。どうやら今日は目が見えているようだ。

「おお、餌だな。任せろ」

昨晩準備していた細かく切ったミミズを雛に与えると、そのまま丸飲みをして再び口を開いた。

この必死さは結構可愛いな。

何度か雛にミミズを与えると、隣で見ていたキモイが触手をビシッと上げていた。

「お前もミミズが欲しいのか？」

キモイに切ったミミズを渡すと、触手に掴んだまま雛の口の中にミミズを入れた。

餌づけしたのか……？

偶然にしてはその後も同じように何度も餌やりをするキモイ。こいつ、本当は人間なのでは？

「食いしん坊なのによく我慢できたな。凄いな、キモイ」

「キュイ」

なんだか嬉しそうな表情で触手を上げ返事をしたキモイに目を細めた。

その後、結構な量のミミズを飲み込んだ雛は静かになったので、腹がいっぱいになったのだろう。

恐る恐る雛の頭を人差し指で撫でると、目を瞑り気持ち良さそうな顔をした。ＭＰの減りはないのでゆっくり優しく撫でて鑑定すれば、超良好と出た。

これだったら、鞄に入れれば移動できるか？

ユーシーに孤児院には今日から行くと言った手前、できれば初日から欠勤はしたくない。

「あー、そうだ。お前の名前をどうするかな」

キモイの時は勝手に連呼した言葉を拾ってテイムされたが、こいつにはちゃんとした名前をつけてあげたい。

雛を凝視する。これは雌なのか雄なのか……。裏返して見たが——分からないな。

「キュイキュイ」

「なんだ、またおねだりか。砂糖はこの後の掃除でたっぷり食わしてやる。それまで我慢しろ」

「キュイ！」

「ああ、約束だ。いつもよりマシマシで砂糖は食わしてやる」

キモイとそんな会話を交わしていると、雛がピカッと光った。は？

光が止むと、掴んでいた雛が赤い目で見上げる。

「まさか……」

雛を鑑定する。

【サトウ（0）】　超良好　0

待て待て待て。ステータスの次のページを見れば、しっかりとサトウはテイムされていた。

「ピッピッ」

ご機嫌に囀《さえず》り始めたので名前は気に入っているようだが、俺としてはソラやイーグルとつけようと思っていた……。キモイの時もだが、名前は一度決まると変えようがないようだ。それなら——

「よろしくな、サトウ」

「ピッピッ」

タオルを敷き詰めた鞄にサトウを入れてみる。

「大丈夫か？」

「ピー」

サトウがタオルの中で丸くなりながら返事をする。平気そうだな。

◆ ◆ ◆

サトウを鞄に入れたまま朝食を済ませ、孤児院へと向かう。ローザには昨日夕食に顔を出さなかったことを尋ねられたが、疲れて寝てしまったと答えた。

サトウは俺がテイムしたことになっている。いわゆる『懐かれ』で、通常なら誰からも口出しされないはずだが……下水道で見た面倒な奴らが捜しているだろうから、この街にいる間は極力隠し通そうと思っている。

今日、キモイは俺の頭の上だ。目立つので注目は浴びているが、本人は楽しそうにプルプルと揺れている。

孤児院に近づくにつれ、段々と街の様子が変わる。ここはこの街の貧困層が住む場所なのだろう。

「ここ……だよな？」

ユーシーの地図通りに到着したのは、広いが酷く荒れた庭と黒く変色した二階建ての建物だった。

窓もあるが縁には苔が生えている。これは、掃除に時間がかかりそうだな。依頼の詳細を確認すれば、個人の責任者のロザンナに掃除内容を直接尋ねろと書いてあった。

建物のドアを何度か叩いたが返事がなかったので、声が聞こえた裏へと回り、塀の外から声をかける。

「すみませーん！」

聞こえていた声が静かになったが、返事がないのでもう一度声をかける。

「すみませーん！」

「……はーい！　え、スライム？」

女性が驚いたように言う。塀の高さで頭の上にいるキモイしか見えていないようだ。

「いや、掃除ギルドから来たリツという。スライムは俺の連れだ」

「あ、はい。今、開けます」

塀の扉が開くと、小柄な十代だろう少女が顔を出す。三角巾から溢れる癖の強い小麦色の髪と丸々とした目は、まるで小動物のようだ。

「ロザンナという責任者を探しているのだが」

「……院長は数日前から体調を崩しています」

「そうなのか。他に責任者はいるか？」

「他の職員は私だけです」

「ああ、そうなのか。これ、依頼書なのだが」

掃除ギルドからの依頼書を見せると、院長に確認すると塀の扉と鍵を閉められる。

待っている間に石の上に腰をかける。キモイは見つけた蟻の行列から目が離せないようだ。

「キモイ、面白いものを見せてやるぞ」

ミミズの破片を蟻の行列の近くに置く。何匹かはすぐにミミズに気づいて確認、十分ほどすると次々と蟻がミミズに群がり始めた。

「今日の掃除が終わる頃にはミミズは消えているぞ」

俺の言いたいことが伝わったか知らないが、キモイは目を大きくしながら蟻の行列を眺め続けた。

空を見上げると、雲一つない。今日も暑くなりそうだ。それにしても、この辺の下水の臭いは酷い。

鞄を開け、サトウの様子を確認する。

「大丈夫か？　腹減ったか？」

ミミズを近づけると口を開けたので、いくつか放り込む。

「ピッ、ピッ」

サトウが満足そうに目を閉じると、再び扉が開いた。

「すみません。お待たせしました」

「大丈夫だ。キモイ、行くぞ」

キモイを頭に乗せ中へ入ると、裏庭には二歳から十歳ほどの子供が十五人ほどいた。身なりはそれほど悪くなく、食事もちゃんとしているようだ。獣人の子供も数人いる。

軽く手を上げ挨拶したが、全員が無言で頭の上にいるキモイに注目する。

「掃除の内容についてですが、院長に確認しました」

女性はサリーと自己紹介、今回の掃除内容の説明を始める。

掃除が必要な場所は建物外装、屋根、天井。それから外にある石段、庭、裏庭、焼却炉など結構なリストの長さだった。ユーシーには数日はかかる掃除内容だと先に聞いていたので、問題はない。

「早速取りかかるが、掃除の仕方については俺に任せてほしい」

「はい。屋根は穴が空いている箇所があるので気をつけてください」

サリーの説明が終わると、風とともに流れてきた下水道の臭いが鼻を刺激する。サリーも不快な顔を隠せていない。

「掃除については分かった。それより、この臭いは普通なのか？」

「ここ一週間は特に酷く……」

臭いは近くにあるマンホールから漂っているというので、確認すればボロボロのマンホールがそこにあった。

「これは酷いな。何か被せる物はあるか？」

「板ならあると思いますが……」

一時的な処置だがマンホールに板を被せ、孤児院の掃除を開始した。

手始めに全体の汚れを把握するため、孤児院の外装の確認に移ると、サリーが後ろからついてきた。

「子供たちは大丈夫なのか？」

「え？　ええ、大丈夫です。全員裏で作業をしていますので」

サリーにキモイも掃除に参加することを伝えると、驚いていた。

「子供たちには掃除中の場所に入らないように頼む」

「ええ、もちろんです」

外にある石段の汚れを確認、孤児院の中を確認しようとすれば、二階の窓辺に人影が見えた。顔を上げると、急にサリーが大きな声を出す。

「あ、あの！　掃除はいつ終わりますか？」

「実際作業をある程度しないとなんとも言えないが、数日はかかると思ってくれ」

「分かりました……今日は急でしたので、外からお願いできますか？　屋根は穴が空いている箇所があるので気をつけてください」

「ああ……分かった」

その後、サリーは何度も振り返りながら、子供たちのいる裏庭へと戻った。

なんだ？　何か引っかかるな。去り行くサリーを鑑定したが、特におかしな点はなかった。

人が多い街中で使うとごちゃごちゃするので切っていた索敵を展開する。

映し出されたのは裏庭にいる十六人の白い点に合流する白い点、これはサリーだ。

いや、待て。小さいが子供の中に一つ緑の点がある……動物か？

孤児院の中にいるのは六つの白い点と一つの緑の点だ。これも動物か？　緑の点はさほど大きくはないが……。

職員はサリーのみで子供たちは全員裏で作業していると言ったが、それならこの孤児院の中の白い点は誰だ？

場所的に二階か？

二つの点を数人で囲んでいるようにも見えるが……裏庭の、一つだけ離れた大きめの白い点も気になる。

「キュイ？」

「ああ、面倒事かもしれないな」

サリーは「屋根は穴が空いている箇所があるので気をつけてください」と二回口にした。これに何か意味があるのか？

建物の窓枠を掃除するふりをして孤児院の中を覗くと、机や椅子がひっくり返っていた。索敵の白い点が一つ、緑の点と建物の右側から俺の方向に移動し始めると、両方の点が赤くなった。人が赤い点に変化したのはこれが初めてだ。どうやら俺を攻撃しに向かっているようだ。

ああ、やっぱり面倒事か。

舌打ちをしながらハバネロパウダーを手に握る。

「キモイ、敵が来るぞ」

出会い頭、すぐに敵の顔面にタイミング良くハバネロパウダーをぶち投げる。

「な！　貴様――おえぇ。なんだこれ！　目が！　目が！」

「キャキャン」

隣にいた犬らしきものが苦しみながら大声を出した。

「『アイテムボックス』」

仲間を呼ばれても困ると、咄嗟《とっさ》に双方をアイテムボックスに入れた。

「しまった。殺してしまったか」

以前おっさん草を入れた時は生きたままだったが、生きた人間や動物をアイテムボックスに入れたことはなかった。一瞬にして渦に呑まれていったが……。

急いでアイテムボックスを確認する。

【アイテムボックス】　人族×1、ハウンドドッグ×1

表示は死骸ではない。良かった。死んではいないようだ。危うく人殺しになるところだった。

表示が押せたので、確認する。

【人族】—【ゲイル】—【28】—【良好】—【27】—【五感上昇】

鑑定で出る相手の情報と同じだ。

五感上昇を確認すれば、視覚や聴覚の五感を高めるスキルだった。それなら会話はこいつに筒抜けで、サリーも変なことは言えずにいたのかもしれない。

ハウンドドッグも確認する。

【ハウンドドッグ】―【3】―【隷属】―【噛みつき】

こいつは動物ではなく魔物だな。隷属とは何かのスキルか、以前見た魔道具で従えているのか。この街には懐いた魔物以外は入るのを禁じられている……どうやって従えているのかを確認したいが、今はアイテムボックスに入れたままにするか。

しかし生き物をアイテムボックスに入れられるのなら、苦労してゴブリンを退治することなかったな……俺の固定観念のせいでミスったな。だが、アイテムボックスへ入れるものには直接触れないといけない。大量のゴブリンとのふれあいなんぞお断りだ。

まぁ、人に使う時は必要な事態の場合のみにしよう。アイテムボックスの中の状況は分からない。敵だとしても非人道的なことを平気でする人間にはなりたくない。今回は拘束のために使うがな。

「さて、残りの奴らも確保するか」

俺を襲ってきたゲイルという男が通ってきた窓から孤児院に侵入する。次に狙うのは、ちょうどこの部屋の扉の裏にいる――

「なっ――」

無事、扉の裏にいた男を確保する。俺にナイフを向けてきたので、孤児院関係者ではないだろう。男が落としたナイフを拾えば、バツ印の上に三つの点が持ち手に刻んであった。

下水道で見た男たちの仲間か。

次に、二階に上がるか裏庭に行くか迷ったが、子供が叫ぶことを考えて、先に二階へと向かう。

二つの点は先ほどの位置から動いていないが、残り二つは部屋を行ったり来たりしているようだ。

四つの点がいる部屋に近づくと、女の声がした。

「おい、あいつら遅いな。お前、調べてこい」

すると、すぐに部屋から体格のいい男が出てきたので、別の部屋へと隠れる。

男が俺のいる部屋を通り過ぎた瞬間、後ろから手を伸ばしアイテムボックスへと入れる。

ゆっくりと三つの点がある部屋へと近づくと、床が軋んで音を出す。ヤバい。

「誰だ！」

勢い良く扉を開けた女に発見される。短剣をかまえ向かってくる女に、キモイが水圧の高い放水をした。

「がぁぁぁ」

水の勢いに押され壁にぶつかった女を、さっさとアイテムボックスに確保する。

「キモイ、ナイスプレーだな」

「キュイ！」

部屋を覗けば、椅子に拘束された二人の女性がいた。念のために鑑定する。

【ロザンナ（67）】　軽傷　13　栽培

【ナタリー（21）】　軽傷　15　裁縫

二人とも目隠しをされ頬を殴られているようだが、軽傷のようだ。

「誰ですか？」

「そ、掃除ギルドから来たリツだ。あいつらの仲間ではない」

「私はこの孤児院の院長ロザンナで、もう一人は職員のナタリーです」

「目隠しを外してもいいか」

「は、はい」

二人の目隠しを外すと、怯えた表情で見つめられる。ロザンナの殴られた目は充血しており、ナタリーのほうも鼻血が出ていた。

「酷いな」

二人に治療をかけていると、ロザンナが尋ねる。

「助けていただきありがとうございます。あの、子供たちは無事ですか？」

「裏庭にいるが、子供は何人いる？」

「十五人です」

「サリーは知り合いか？」

「は、はい。サリーはここで働いている子です」

索敵を確認。裏庭には十七個の白い点が映る。一つはあいつらの仲間か。

「奴らの仲間が何人いたか分かるか？」

「目隠しをされましたが、五人ほどいたかと」

詳しい話は後で尋ねるとして、今はとにかく敵を捕縛《ほばく》することが一番だな。

「もう一人、奴らの仲間がいる。捕まえるから二人はここで待機していてくれるか」

「はい。掃除屋が来てくれたなら安心だわ。本当にありがとうございます」

「ああ……」

俺は二人が思っているような『掃除屋』ではないが、そんなことを説明したところで不安にさせるだけだ。苦笑いをしながら部屋を後にして、入ってきた窓を出て裏庭へと向かう。

「すみませーん。サリーさん！」

「……は、はーい！　どうされましたか？」

事情が理解できた今、サリーが怯えた顔をしているのは明らかだった。

「それが、すまんが掃除中に壁の一部が取れてしまった。確認してほしいのだが」

「え？　壁がですか……」

「ああ、俺が壊したのか、元から壊れていたのかよく分からなくて」

「えっと……」

明らかに挙動不審になったサリーの後ろから、男の声が聞こえる。

「それなら俺が一緒に確認しましょう。庭師のザックだ」

「ああ、頼む」

嘘つき野郎だな。鑑定に映った表示と策敵の点が赤くなったのを見ながら内心笑う。

【ライアン（37）】　良好　31　火魔法

メアリーと同じ火魔法持ちか。こんなところで火の攻撃をされたら危険だ。自ら子供たちから離れてくれるのはありがたい。

「あ、あの――」

「あんたも子供たちの面倒を見るので大変だろう。ここは俺に任せろ」

ライアンにそう言われ、サリーがうつむきながら返事をする。

孤児院の入り口に回ったところで、ライアンが尋ねる。

「場所はどこだ？」

「入り口のすぐ側だ。俺はリツだ。よろしく頼む」

手を差し出すとライアンが手を差し出しながら詠唱をする。手を握った瞬間、ライアンはアイテムボックス送りにしたが――

「熱っ。あの野郎、俺を焼き殺す気だったのかよ」

ライアンに触れて赤くなった手に治療をかける。

「キュイキュイ」

キモイが心配そうに手に水をかけてくれる。

「ありがとな」

裏庭に戻ると、サリーが不安から困惑顔に変わり、子供たちの前に立つ。

「安心しろ。奴は捕縛した」

「へ？　でも他にも――」

「大丈夫だ。全員捕縛した。二階にいる二人も無事だ」

サリーは安堵したように腰を抜かした。聞けば、やはりあの五感上昇のスキルのせいで、隙を見て誰かに知らせようとした院長が捕まったことで動けず、下手なことも言えなかったという。

ちなみに「屋根は穴が空いている箇所があるので気をつけてください」というのは、この地域では「家に泥棒がいる」の隠語だという。すまんが、そんなのは知らない。

子供たちは終始きょとんとしていたので、自分たちが置かれていた状況がよく分からなかったようだ。

二階の二人も裏庭に集めると、ロザンナがキョロキョロしながら尋ねる。

「あの、賊はどこに……？」

「ああ、心配しなくてもちゃんと拘束している」

「他の掃除ギルドの方は？」

「今日は俺一人だ」

「そ、そうですか」

ロザンナが腑に落ちない顔をする。奴らが急に消えたので、疑問はあるだろうな。

「不安なら拘束した奴を見るか？」

「疑ってすみませんが……」

ロザンナとサリーを連れ子供たちから離れ、ハバネロパウダーをぶつけた奴をアイテムボックスから出す。

「目がぁー目がぁー」

すぐにアイテムボックスへ戻す。

ロザンナとサリーは目を見開きながら、男が先ほどまでいた場所を凝視した。

アイテムボックスの中では時間が止まっているはずなので、苦しんではいないと……願う。苦しんでいるのならすまん。

「す、スキル……いえ、見せていただきありがとうございます」

「いや、構わない。それで、あいつらはなんでここにいた？」

「それが……何か探し物をしていたようで」

ロザンナが首を傾げながら言う。

「探し物？」

「あの犬型の魔物を使って、昨日からあちらこちらを嗅《か》がせていたようですが。この孤児院に金目の物などないです」

捕縛した奴らは昨日から孤児院を占拠、孤児院をくまなく調べていたという。匂いを追っていたというのなら……心当たりはある。

裏庭に向かい、迷わず三毛猫の柄をした猫の獣人の少年の前に立つ。

「お前、何か持っているだろ」

「知らないにゃ！」

「おい！」

逃げ出そうとした猫獣人の少年を抱き上げ揺らすと、小さな白い蛇がズボンの中から地面に落ちた。すぐに鑑定をする。


【ミミちゃん（0・2）】　ジュエリースネーク　普通　0　宝石生成

魔物だな。

奴らが捜していたのはこれだな。ミミちゃんと名前がついているということは……これはテイムされている。他の人間にテイムされた魔物を見るのは初めてだが、種類はジュエリースネークという魔物か。

キモイが蛇に近づくと、猫獣人の少年が暴れる。

「やめるにゃ！　ミミちゃんに酷いことするな！」

「キモイ、やめろ」

ビシッとキモイが手を上げる。猫獣人の子供を下ろすと、蛇を抱き上げ俺を睨む。蛇も俺に向けて小さな威嚇《いかく》をする。

「傷つけるつもりも奪うつもりもない。確認をしたかっただけだ」

「レイモン！　そんなものをいつの間に！」

ロザンナが猫獣人の少年、レイモンを叱る。

「でもにゃ！」

「でもではありません！」

レイモンの耳が萎《しぼ》むように垂れた。

ロザンナが蛇を取り上げようとするのを止める。

「待て。これは『懐かれ』だ。引き離すのは愚行だ」

フェリペの話だと、テイムされている魔物を引きはがそうとすれば、酷く抵抗するという。この蛇はまだ幼くスキルも宝石生成と攻撃力があるわけではないが、他にもスキルがあるかもしれない。何が起こるかは分からない。

「懐かれですか……それは……」

レイモンは蛇をあのボロボロのマンホールの近くで拾って、ここ一週間世話をしていたらしい。

ロザンナがため息をつきながら蛇を見る。

「懐かれならどうしようもありませんが、街に魔物など……一体どうなっているのでしょうか？」

「俺も同じ疑問だ」

「ともかく衛兵に知らせなければ――」

ロザンナはナタリーとともに衛兵に知らせに向かう。その間、サリーとともに子供たちのお守りをする。

「今日は掃除どころじゃねぇな」

鞄の中のサトウを確認すれば、のんきに寝ていた。この騒動中ずっと寝ていたのか、こいつは。しかしメタル・ハーピーイーグルといい、魔物に逃げられすぎだろ。どんな適当な管理をしているのか目に見える。

キモイは褒美にマシマシで粉砂糖をあげたので、例の謎なダンスを子供たちに披露していた。

隣にレイモンが座ったので尋ねる。

「レイモン、蛇に何か印はついていたか？」

「ついていたけど、脱皮したら消えた」

「どんな印だ？」

レイモンが地面に書いた印は、バツ印の上に三つ点だった。魔物を違法にこの街に連れてきている奴らの元から逃げ出した蛇で確定だな。

「これはなんの印にゃ？」

「その蛇をいじめていた奴らの印だ。だが、お前はその印を見たら関わるなよ」

宝石を生成するのなら金のなる蛇だ。そりゃ必死で捜すよな。

焼き印……それで蛇の位置を把握していたのか？　下水道の奴らもメタル・ハーピーイーグルの位置をある程度把握していた。まぁ、奴らも蛇が脱皮したらあの印が消えることは想定外だったのだろうな。

「あと、脱皮した時にこの綺麗な石が落ちたにゃ」

レイモンがポケットの中から、小指の爪ほどにカットされた赤い宝石を見せる。鑑定。

【ルビー】　良好

ああ、これは本当に金のなる蛇だな。

「このことを他の誰かに言ったか？」

「ミミちゃんのことは今まで誰にも秘密にしていたにゃ」

地面に膝をつき、レイモンの目を真っ直ぐ見る。

「よく聞け。お前が自分を守れるようになるまで、この石のことは誰にも言うな。孤児院の院長や教師にもだ。分かったか？」

「なんでにゃ？」

「お前、その蛇が大事だろ？　この赤い石は価値がある。そんなものを子供のお前が持っていたらどうなるか分かるだろ？」

「……奪われるにゃ」

「下手したら捕らえられて一生宝石を作らされる。自衛ができるまで隠し通せ」

「わ、分かったにゃ」

レイモンを鑑定したら、雷魔法のスキルが見えた。鍛えれば、自分と蛇を守ることくらいできるだろう。

少ししてロザンナたちの呼んだ衛兵たちと、なぜか一緒にユーシーが到着した。

孤児院の掃除の依頼主はユーシーだった。

訝しげにユーシーを見ながら尋ねる。

「俺をはめたのか？」

「そんなわけないよ。あたしだって驚いているよ。別の仕事で衛兵を訪ねたらこの話を聞いたので駆けつけただけだよ」

本当か？　怪しいな。

衛兵が続々と集まる中、隊長らしき男がロザンナに尋ねる。

「それで賊はどこだ？」

ロザンナがすぐに俺に視線を向けたので手を上げる。

「俺が捕縛している」

「場所はどこだ？」

「今から一人出す」

「は？　出すとはどういう意味だ？」

「ま、魔道具だ。とにかく一人ずつ出していくので捕まえてくれ」

衛兵たちが見守る中、手始めにハバネロパウダーを食らった奴をアイテムボックスから出す。

「目がぁー目がぁー」

「な、捕縛しろ！」

分かっていたが、目を押さえながら騒々しく叫ぶ男に、衛兵たちは驚きながらもすぐに捕縛した。

その後、孤児院を占拠していた賊を衛兵が全て捕縛する。火魔法のスキルを持った奴は、出した瞬間手元の火が燃え上がったが、衛兵が拘束具をつけると何もできなくなった。こいつ……やっぱり俺を燃やすつもりだったのか。

何もない場所から賊を出すたびにユーシーの視線が突き刺さったが、無視だ。

「これで全員か？」

「いや、最後に魔物が一匹いるのだが……どうやら隷属させられているようだ」

「隷属だと？　おい、お前ら！　まさか魔物に隷属のバンドをつけたのか？」

衛兵が厳しい顔で問うと、賊が全員視線を逸らした。

「なんという無謀な。馬鹿どもが……」

ユーシーが呆れながら言う。隷属の魔道具は動物には使われるが、魔物に使うことはないという。

「魔物に使うとどうなるのだ？」

「魔物の魔力が強ければ強いほど、抵抗が増すから危険だ」

衛兵は魔物を引き取る設備がないという理由で、準備ができるまで俺に魔物を預かってほしいと頼んできた。魔物はアイテムボックスに入れているだけなので特に問題はない。

その後、捕縛するまでの経緯を説明、賊を捕縛した報奨金は後ほどくれるという。

衛兵に連行される賊の後ろ姿を眺めながら、ユーシーに尋ねる。

「掃除ギルドは下水道にいる賊の存在を知っていながら、何もしないのか？」

「掃除ギルドは慈善で動かないよ。ちゃんと金をもらえば仕事はこなす」

どうやらこの街の役人が金を出し渋っているようだ。下水道の掃除もギルド員を危険に晒《さら》すという理由でユーシーが断っているという。

「揉めているのか？」

「こちらが折れると思っているのさ。まぁ、今回のことですぐ動くだろうね。それよりリツ、さっきのはなんだい？　スキルか？」

「スキルについては聞かないのがルールだろ？」

「ああ、そうだったね」

「他に話がないのなら、俺は掃除に戻る」

笑いながら答えるユーシーに呆れる。

「それならあたしは見学していこうかな」

「へ？」

「減るものじゃないだろ？」

「別に構わないが……ギルド長は何か仕事中だったのではないか？」

「まぁ、忙しくなる前のひと休みだよ」

暇……なのか？

結局、ユーシーに押し切られる形で掃除の見学を承諾する。孤児院の職員と子供たちは、賊たちが荒らした室内の片づけをするそうだ。

今日は孤児院の建物の外回りの掃除を中心にやるか。

「キモイ、行けるか？」

「キュイ！」

壁に粉砂糖をまんべんなくかけると、キモイが汚れとともに吸い始めた。

「ほぉ……報告は受けていたが、スライムの中にはこんなことができる奴がいるのだね。こりゃ、あたしらの仕事が取られてしまうな」

ユーシーがのんびりと楽しそうに笑う。

「ピッピッ」

「ああ、目覚めたのか？　餌か？」

口を大きく開けたサトウに餌を与えれば、ユーシーが鞄を覗きながら言う。

「ほぉ、孵ったのか……なんだか大きいね」

「ああ、昨日孵化したのだが急成長中だ」

「昨日かい？　こんな鳥の魔物、あたしは見たことないね。一体どこから連れてきたのだろうね。可哀想に」

「メタル・ハーピーイーグルという魔物らしい」

「へぇ。可愛いのう」

「この街に魔物の情報を調べられる場所はあるか？」

「冒険者ギルドかの」

「そうか」

　一度冒険者ギルドを見に行くのも手かもしれないな。

　窓から孤児院の中を見れば、散乱したテーブルを重たそうに抱えるロザンナが見えたので手伝いを申し出れば、ユーシーが小声で言う。

「ふむ……」

「なんだ？　室内の掃除も頼まれているから、掃除ギルドのポリシー違反ではないだろ」

「いや、スライムはこのまま外に放置かい？」

「壁の掃除に必死でどこにも行く気配がないだろ」

　正確には粉砂糖に必死なのだが……。

　散らかった室内の掃除を手伝い外に戻ると、掃除を終了したキモイにユーシーが人参《にんじん》を与えようとしていた。キモイは警戒したのか、距離を取りながらユーシーを見つめていた。

「何をしている？」

「食べるかなと思って。他のスライムは喜んで食べるのだがね」

「ああ、こいつは人見知りだからな。他のスライムとは、下水道にいる奴らか？」

「ああ、あの子たちは立派だっただろう？」

　どうやらあのオアシススライム、元はトイレスライムとして街に持ち込まれていた魔物のようだ。

住人の一部が下水道に投棄し始めたことで、一時は大量のスライムが下水道にいたらしい。その掃除を依頼されたユーシーは、スライムの新たな活用法として水を浄化するものを一カ所に集めたという。

オアシススライムの寿命は長くても数年ほどだという。数匹死ぬと分裂してまた増えるという。

「あれは掃除ギルドが管理をしているのか？」

「時折、スライムが増えすぎていないか確認しているだけだよ」

確かに下水道のあの場所だけ異様に綺麗だったな。

キモイの掃除した場所を確認する。黒く変色していた壁と入り口付近は随分と綺麗になった。

「今日はここまでだな」

賊のせいで思っていたより進まなかった。

帰ろうとキモイを抱き上げると、兎人族の青年が息を切らしながら走ってきた。

「ギルド長、緊急依頼です」

「ああ、ようやく来たね」

兎人族の青年から渡された手紙を読みながら、ユーシーが口角を上げる。

「仕事か？」

「役人の腰は重いからの。自分に被害が出て、やっと事の重大さに気づいたようだ」

聞けば、今日、数匹のハウンドドッグの群れが街中を暴走したという。ハウンドドッグは無事に冒険者に討伐されたようだが、その他にも下水道の臭いの苦情で役所の前に人が集まっているそうだ。そのおかげで金を出し渋っていた役人も、ようやく事態を収拾することにしたらしい。

ユーシーも魔物が違法に街へと連れこまれている可能性を役人に指摘していたが、反応は薄かったという。

「あたしが掃除代をさらにせしめようとしたと思ったのだろうね」

ユーシーは静観しながら、状況が変わるのを待っていたという。

無給や割の合わない額では動かなそうだからな、この婆さん。

まぁ、それは俺もだが。役人の怠慢のせいでユーシーはこれから大変だろうな。

「じゃあ、俺は帰る。またな」

「待ちな。リツ、あんたも今回の掃除に参加しないか？」

「いや、俺は新人――」

「魔物の図鑑、あてがないわけじゃないよ。冒険者ギルドでも手に入らない、そのメタル・ハーピーイーグルという魔物の生態の情報も約束するよ。もちろん、報酬も」

「それは、下水道の普通の掃除の話か？」

「普通の掃除もだが、リツの捕縛のスキルを借りたい。奴らがどれほど魔物を引き入れたか分からないからね」

バールの街は長年魔物がいなかったことから、魔物を捕縛してもそれを収容する場所がないそうだ。魔物たちは見つけ次第、処分されるだろうとユーシーは言う。

「まぁ、リツが捕獲してくれるのなら何匹かは助かるがのぉ。なんだい？　そんな顔をして見て」

「いや、意外に魔物に優しいのだなと思っただけだ」

「無駄な殺生をしたくないだけだよ」

鞄の中にいるサトウを見る。こいつと同じような境遇で無理やり連れてこられたのに、殺されるのは理不尽だとは思う。

「報酬はいくらだ？」

「魔物の数次第だが……そうだね、金貨数枚は保証するよ」

金貨数枚とは太っ腹だな。それなら——

「その依頼、引き受ける」

10　掃除屋リッツ

掃除ギルドに向かう途中、荒々しく走る数人の衛兵とすれ違う。

「リッツ、あたしは先に掃除ギルドに向かうよ」

ユーシーはそう言うと、軽快にスピードを上げいつの間にか遠く先を行っていた。

「なんだ、あれ。速すぎるだろ。キモイ、しっかりと掴まっておけよ」

「キュイ！」

キモイが髪を握ったのを確認すると、風を切った。

全速力で走ったが、ユーシーの後ろ姿を捉えるのに必死だった。

掃除ギルドに到着すると、全く息の乱れていないユーシーが驚いた顔をする。

「あたしのスピードについてきたのかい？」

「あんた、速すぎるだろ」

息を整えながらユーシーと掃除ギルドへ入る。

受付には連絡係だという騎士の従者がユーシーを待っていた。

「ギルド長、こちらを」

従者に渡された手紙をその場で読んだユーシーが眉を上げる。

「仕方ないね。下水道はあたしらに任せな」

ユーシーが手紙の裏に返事を書き、従者へ渡す。

どうやら想像していたよりも犯罪集団は大きく、今、ハウンドドッグ以外にもあちらこちらで魔物関連の騒動が勃発しているそうだ。その対応に騎士と衛兵は追われているという。

従者が去った後、ユーシーに尋ねる。

「急だな」

「計画的なのか……何かあったのか……分からないね」

一瞬、存在Ａの姿が脳裏をよぎる。奴の関与を否定できないが、あの野郎だったら俺に直接何かコンタクトしてくると考えられる。

奴の行動パターンを考えても意味がないな。

掃除ギルドの一室には三十人ほどの掃除ギルド員が集められており、ユーシーが今回の依頼内容を説明する。ギルド員の集結が異様に早いのは、ユーシーが緊急時には主要メンバーに連絡網で情報を回す体制を作っているからだそうだ。

掃除ギルドは兎人族が多いと思ったが、普通に人族や他の亜人もいた。

「今夜はA班で下水道に潜むゴミと魔物の掃除をする。B班はその掃除が終わり次第、下水道全ての掃除をする。報酬はそれぞれの掃除範囲で決める。A班とリツだけ残るように」

ユーシーがそう言うと、二十人ほどが部屋から退出する。その中にはラオもいたので軽く手を振る。

残されたA班の十人を鑑定する。全体的にレベルは高いが、気になったのは三人だ。

【サビーナ（21）】　良好　33　暗器《あんき》

【オルカ（32）】　普通　41　忍び足

【エド（44）】　良好　48　粉砕（中）

こいつらは掃除ギルドではなく、暗殺ギルドだろ。そんなギルドあるか知らないが。

暗器と忍び足は分かるが……粉砕ってなんだよ。粉砕を調べる。

【粉砕（中）】　物、生物、武器に限らず術者のレベルにより粉砕可能

（中）とはどれくらい粉砕できるのだ？　不親切にもそれ以上の情報がない。エドは細身の男だが、レベルは48だ。今まで鑑定した奴らの平均値より高い。見た目はパワー系でない分、軽視してやられた奴はいそうだな。

　全員で下水道の地図を囲み、ユーシーから作戦を聞く。

「二人一組に分かれて、奴らの場所を特定するよ。どうやってか知らないけど、奴らは場所を定期的に移動しているようだからね」

　ユーシーは静観と言っていたが、時折下水道の様子を探ってはいたようだ。

　二人一組に分かれ、下水道の賊と魔物の場所を探すということになった。

「ギルド長、戦闘になった際の処理は？」

「身の危険を感じたら、賊も魔物も生死は問わないよ」

　殺害の許可……やっぱりほぼ暗殺ギルドじゃねぇか。

　全員が予定通り二人組になったところで、俺だけあぶれる。なんだか小学生の時に誰からもペアに選ばれなかったドッジボール大会を思い出す。

「リッツはあたしと行くよ」

　ユーシーが胸を張り言う。この中で一番レベルの高いユーシーと組むのに反対はしないが……。

「喜びな。あたしを独占できるよ」

「よ、よろしく頼む」

ユーシーのウインクは見なかったことにする。

出発前にサトウとキモイに餌をやる。

「サトウ、すまんが危ないからアイテムボックスに入っていてくれないか？」

「ピッ？」

アイテムボックスを唱えサトウに触れようとしたら、盛大に暴れられた。

「ピーピーピー」

「キュイ！」

なぜかキモイも激怒している。アイテムボックスは二匹にとってアウトらしい。

仕方ないのでサトウは鞄に入れたまま連れていくことにする。危険と判断したら無慈悲にアイテムボックスに入れる予定だ。

◆◆◆

掃除ギルドの北側に位置するマンホールから下水道へと入る。ここから他の五組と最終的に集合するロコス広場の下にあるスライムのオアシスまで、賊を探す予定だ。

下水道は相変わらず不快な臭いが充満して暗いが、なんだかこの臭いにも慣れてきた。

ユーシーがライトを唱えると広範囲が明るくなった。

「ここまで広範囲のライトは見たことがないな」

「伊達に年は取ってないよ」

下水道で索敵を展開、ここから五十メートルほど行った場所に白の点が十、大小の緑の点が二十ほどあるのを捉えた。

当たりだな。

自分の悪運に笑う。

「なんだい？　不安がると思ったが、笑って。いらぬ心配だったね」

「いや……賊を見つけた。ここから直線だと一分の位置にいるが、もう一度地図を見せてくれ」

ユーシーが訝しげに地図を渡しながら尋ねる。

「位置を把握するスキルか？」

「ああ、そんなもんだ」

「ほぉ……」

地図を確認すると入り組んでいるが、ここからでも奴らのいる場所へは行けそうだ。

「この位置に十人、魔物が二十匹いる」

「それは細かい情報だねぇ。リツを疑ってはいないが、この目で確認する必要があるよ」

「ああ、構わない」

ユーシーと索敵の場所へ向かう途中、頭の割れた魔物の死骸を数匹発見した。胴体は一角兎に見えるが、鳥の羽が生えているので鑑定をする。

【繝ゥ繝薙ャ繝（キメラ）】　死骸

この文字化け、既視感あるな。

キメラ……見れば一角兎の背中に融合した羽の付近の肉が盛り上がり露わになって痛々しい。

「なんだい、これは。一角兎に見えるが、こんな羽のある奴は知らないね」

「キメラって何か分かるか？」

「キメラ？　いや、知らないね。これはキメラって魔物なのかい？」

「はっきりとは言えないが、多分製造された魔物のようだな」

「ほぉ、そんなことをなぁ。可哀想に」

これは非自然的に作られた魔物だ。そして、犯人は限りなく存在Aだろうな。余計面倒なことになったな。

落ちていた死骸を全てアイテムボックスへと入れ、賊のいる場所へと向かう。

「この辺……この壁の裏だが、どこにも中に続く扉がないな」

地図では部屋になっていたが、壁で覆われていた。

ユーシーが隠していた大きな耳を立てる。

「隠蔽だろうね。確かにこの壁の向こうから数人の足音が聞こえるね。一度他と合流して、ここを攻めるよ」

「了解」

索敵を確認すると急に白い点が忙《せわ》しなく動き、緑の点の一つが特大の赤に変わるとユーシーが叫ぶ。

「リツ！　伏せろ！」

「うわっ」

ユーシーのかけ声で咄嗟に伏せると、壁を破壊して大きな魔物が飛び出してくる。

狼……なのか？　森で見たサイズよりも数倍大きく、背中には半身のゴブリンと尻尾は蛇だ。これもキメラだろうな。鑑定する。

【繝輔ぃ繧、繝？（キメラ）】　異常　1

リスタ村のデジャヴだな。

俺に気づいた狼のキメラが低い唸り声を上げ、突進してくる。風魔法を唱える前にキメラ狼はユーシーに顔面を蹴られ、反対の壁に背中からぶつかった。キメラ狼の鼻は歪み、背中に融合していたゴブリンは半身が潰れていた。あれが以前鑑定で見たウサキックか、あんなの生の人間が食らったら即死だろうな。

ユーシーがキメラ狼から一度も目を離さずに言う。

「リツ、ここはあたしがやるよ」

「それなら俺は中の奴を確保する」

「……できるのかい？」

「ああ」

「なら、任せたよ」

破壊された穴を覗けば、人が五人ほど減っていた。さっきのキメラ狼が一気に殺したのだろうな。

中は舞う埃が凄く、咳込んでしまう。

索敵の緑の点も減っているが、見えた魔物は檻の中で隷属の首輪をつけられていた。中にはキメラ化の途中か緑の点が消えかかっているものもいた。

残りの人間はといえば……男たちが一カ所に固まっており、その周りに何か薄黄色の壁が見えた。

鑑定。

【シールド（中）】　良好

初めて見たが、こんなものがあるのか。

鑑定する限り、騎士より強い者はいないが、シールドスキル持ちの男を発見する。

【シールド】　中級の攻撃魔法を防ぐ

残ったこいつらはやけにステータスの低い者もいる。穴の開いた内側の壁周辺をもう一度確認すると、武装した男たちの残った何かが見えて気分が悪くなる。あちらが腕の立つ者だったのかもしれない。

男たちの中には以前スライムのオアシスで見かけた男もいた。

【アルド（23）】　軽傷、重症　25　魔物傀儡（小）

アルドの顔色は相当悪そうだが、この軽傷と重症が双方表示されている意味は相変わらず謎のままだ。

ようやく俺に気づいたのか、一人が声を上げる。

「お、お前は誰だ！」

「あー、掃除屋だ」

「そ、掃除屋……」

鰹節でシールドを殴ると撥ね返された。

「そっから出てきて大人しく捕まってくれないか？」

「そ、そんなことするわけないだろ！　ふざけるな！」

「ふざけてはいないが……」

このシールドは俺の攻撃で破れるのか？　やってみないと分からないな。

「『突風』」

魔法も撥ね返され、埃がさらに舞っただけだった。この二つの俺の攻撃は中級以下ということか。

今一番ＭＰ消費が大きい攻撃魔法の刃風を使ってもいいが……もしも攻撃が通って殺してしまったら気分が悪い。

「なんだよ。大したことないな。お前は魔物の相手でもしてればいい」

シールドの中の男の一人が高笑いをしながら手元のボタンを押せば、静かだった檻の中の魔物たちが騒ぎ出す。

俺に一番近い目の血走った黒い猿の魔物を鑑定する。


【ロックエイプ（3）】隷属　13　石生成

ロックエイプは檻を捻じ曲げ登り、石を生成するとすぐに俺に向けて投げ始めた。

「痛《い》って、痛《い》って。やめろ、このクソ猿。『突風』」

突風を食らいバランスを崩して檻から落ちた猿に急いで触れ、アイテムボックスへと入れる。

「キュイ！」

一直線に飛んできた鳥の魔物を、キモイが水の攻撃で貫く。

「ナイス、キモイ」

その後、檻を破壊して襲ってきた十数匹の魔物のほとんどは俺に触れる前に、そのまま討伐した。

最後の一匹を仕留めると頭の中でアナウンスが流れた。

（レベルが1上がりました）

［ヤシロ　リツ］　21歳　上位人族
LV：　29
HP：　80（＋50）
MP：　140
ATK：　40（＋50）
DEF：　20（＋50）
LUK：　26
ポイント残高：　10

ポイントは後で入れるとして、振り返りイラつきながらシールドを蹴る。

「お前ら、ふざけやがって」

もちろん俺の蹴りではシールドは割れなかった。

「もうどこにも行けないだろ。観念してその中から出てこい」

次の手がないのか、シールドスキル持ちの男が悔しそうに俺を睨みつけながら言う。

「クソ、掃除屋のくせに。我々には神がついているのだぞ！」

「……は？」

「そうだ。彼らは我々を守ってくれるのだ」

　彼らと聞いてすぐにこいつらの言う『神』とは存在Ａのことだと理解した。

「あー、それは黒い髪をした子供のことか？」

「そ、そうだ。お前もあの方に拝顔したのなら分かるだろ。我々は選ばれている。我々は神から授けられた魔物で、新しくより神聖な魔物を造る権利を与えられたのだ」

　シールドスキル持ちの男と数人はそう本心から信じているようだ。討伐した魔物は初めて見るものが多い。こいつらか存在Ａがどこかからかき集めたものだろうな。

　アルド以外が存在Ａに向け変な祈りを始めた姿を見下ろしながら、今までの理不尽なことを思い出す。胸糞悪い。吐き捨てるように男たちに向かって言う。

「あんなクソ野郎のことなんか分かるわけねぇだろ」

「裏切り者が！　天罰が下るぞ」

　裏切り者？　そもそも存在Ａは初めから俺の敵だ。

「それなら、その神はなぜ今お前らを助けに来ない？」

「そ、それは――」

　大きな振動が響くと、ユーシーが戦っていた索敵の大きな赤い点が消えた。ユーシーは無事そうだ。良かった。

　存在Ａは魔法の粉で燃やして以来、姿を現してはいない。こいつらの前にも近頃は現れていないようで「次のお言葉を待っている」のだと妄信的に語り出した。

　こいつらはきっと俺への嫌がらせの駒でしかない。奴が何を計画していたか知りたくもないが、ここにはお粗末なキメラしかいない。相当あの魔法の粉が効いて邪悪な計画を遂行できなかったようだ。

　キモイが俺の頭に乗ると、アルドが何か唱え始めた。

「――『魔物傀儡』」

　しまった。キモイも魔物だったことをすっかり忘れていた。急いでキモイを頭の上から降ろして鑑定したが、何も異常はなかった。俺を見上げながらキモイが不思議そうな顔をする。

「キュイ？」

「大丈夫そうだな……」

　どうやらアルドの魔物傀儡はキモイには効かなかったようだ。

「そんなわけは！　スライムごとき『魔物傀儡』『魔物傀儡』『魔物傀――グハッ」

　アルドが盛大に血を吐き倒れる。


【アルド（23）】　軽傷、瀕死　25　魔物傀儡（小）

　魔物傀儡スキルの酷使か、重症から瀕死へとアルドのステータスが変化している。瀕死だろうとキモイを傀儡にしようとしたこいつは許さないがな。

近くで死んだ魔物の血がゆっくりとシールドの中に流れていくのが見えた。このシールドは液体なら通すのか？　ジワジワとシールドの中に渦を巻く血だまりを見て口角を上げる。お前らがその中から出てこないなら、自ら出てくるように仕向けるまでだ。

「キモイ、鞄に入っておけ」

「キュイ！」

何かを感じたのか、キモイがビシッと蝕手を上げサトウの隣に座る。それを確認した後にシールドに手を向け唱える。

「『酢』『酢』『酢』『酢』『酢』『酢』『酢』『酢』『酢』『酢』」

大量の酢をシールドの中に注入、激臭被害に遭わないために即座に数歩下がる。

「おぇぇぇ、おぇ」

「なんだこれ、おぇ」

酢の酸にやられる男どものえずき声の大合唱を聞きながら、眉間に皺を寄せる。

「キモいな」

「キュイ？」

鞄から顔を出しキモイが返事をするが、酢の臭いですぐに鞄の中に戻った。

賊は粘ることにしたのか、苦しそうだがシールドを解除しない。それなら……

「『酢』『酢』『酢』『酢』」

両手を銃の形にして交互に酢をシールドに向かって連発する。

「や、やめろ！　やめてくれ」

涙と鼻水で汚れた顔で懇願し始める男たちを見下ろしながら言う。

「シールドを解除しろ。この攻撃なら一日中やれるぞ」

酢を生成するのは一回1MPなので一日中は無理だろうが。ブラフだ。

返事がないので酢攻撃を再開する。

「『酢』『酢』」

「わ、分かったから！」

シールドスキルを持つ男が手を上げ叫ぶと、シールドが解除された。解除された瞬間に全員をアイテムボックスへと案内する。

散らばっていた討伐した魔物やキメラたちを回収、索敵でユーシーを確認すると先ほどと同じ場所にいたので合流する。

「こっちは終わったぞ」

ユーシーは頭が粉砕されたキメラ狼の死骸を厳しい顔で観察していた。

「聞こえていたよ。心配していたが、リツには必要なかったね」

「しかし、凄いキック力だな」

「それよりリツ、これをどう思う？　こいつを倒した後に体内が光ったのでえぐり出したら、これが出た」

ユーシーが魔物の核を三つ、俺の前に出す。鑑定。

【フォレストゴブリンの核】異常
【フォレストスネイクの核】異常
【アイスウルフの核】異常

核が何か濁った色に変色している。深く観察しようと核を手に取れば、指の間で粉々に割れてしまった。

「割れたな」

「……通常の魔物じゃあないね」

ユーシーがアイテムバッグに倒したキメラ狼を収納する。鑑定すればアイテムバッグ（特大）と出た。一体いくらするのか気になるな。

賊のいた部屋をユーシーが調べる間、キモイに褒美の粉砂糖を与える。

「キモイ、いい活躍だったぞ」

「キュイ！」

部屋の調べを終えたユーシーが難しい顔で言う。

「規模が小さいね。ここ以外にも潜んでいるね、これは」

「先を進むか」

その後、魔物だけが残された部屋を見つけた。ここには正気を保っている魔物がおらず、全てを討伐した。ユーシーはあのウサキックのスキルだけではなく、耳を硬化してグルグルとプロペラのように回し魔物をミンチにする恐ろしいスキルも披露してくれた。

ユーシーとは敵対したくないな。

ロコス広場の下のスライムのオアシスまであと少しの距離まで迫ると、前方から二つの緑の点が大きな赤い点から逃げているのが索敵に映る。

「大きな魔物がこちらに向かっているぞ」

前方からすぐに掃除ギルドで見た二人が全速力で駆けてくるのが見えた。その中には暗器スキルを持つサビーナもいた。二人は見えるが、すぐ後ろにいるはずの赤い大きな点の魔物の姿は捉えることができない。

「魔物はどこだ？」

「足跡以外にも小さな威嚇が聞こえるよ」

大きな耳を立てていたユーシーが眉間に皺を寄せ言う。

「逃げて。見えない敵よ」

息を切らしながらサビーナが叫ぶ。

サビーナたちの後ろの赤い点に向け、ヒットするまで数回鑑定をする。

クソッ、どこだ。

三回目の鑑定でようやくヒットする。

【マイクロカメレオン（8）】　興奮　40　透明化

小型で透明化するレベルの高い魔物、一体どこからこんな魔物を持ってきた。興奮との表示は初めて出たが、どうやらかなり気が立っているようだ。

サビーナたちが合流するとすぐに風魔法を唱えた。

「『突風』」

身体が軽いのか、簡単に突風で飛ばされたマイクロカメレオン。索敵には先ほどより遠くに赤い点が位置している。

追加で魔法を放つ。

「『突風』『突風』」

マイクロカメレオンを後退させる。奴を押し返したのはいいが、こいつはどうやって討伐すんだよ。

「げっ」

魔法も唱える暇がないほどの猛スピードでマイクロカメレオンが俺に向かってきたと思ったら、腕に激痛が走る。

「痛《い》ってぇ！」

腕を確認すれば青く変色、徐々に青が腕を侵食していく。なんだよこれ、毒なのか！

「キュイ！」

鞄から飛び出したキモイが水鉄砲のような攻撃を地面に向け放つと、青い血が飛び散った。キモイはその後すぐに俺の腕に巻きついた。

「お前、もしかして毒を吸っているのか？」

青く侵食されていた腕の色が徐々に薄くなっていく。キモイを鑑定しても良好と出ているので、毒を吸っても問題はないようだ。なんでも食べるのは嘘じゃなかったのだな。

「キモイ、助かる」

地面を見れば姿を現した虹色のマイクロカメレオンが横たわっていた。鑑定。


【マイクロカメレオン（8）】　瀕死　40　透明化

これ、キモイがいなかったらヤバかったな。マイクロカメレオンは攻撃には比較的弱いようだったが、透明化と変な毒を持っていたおかげで年齢もレベルも高かったのかもしれないな。

ナイフを出しマイクロカメレオンを仕留めようとすれば、サトウが鞄から飛び出しマイクロカメレオンを丸飲みする。

「あ、おい！　こら！」

サトウがグエーッとゲップをすると、頭の中で機械音が流れた。

（個体名サトウのレベルが1上がりました）
（個体名サトウのレベルが1上がりました）

サトウが軽く光ると、大きさが三倍ほどに成長した。

「は？」

まだ子供だがさらに毛はモフモフになり、頭からは灰色の冠羽《かんう》が伸びていた。全体的に黒に青が交じった色に変わっていた。なんだ、この急成長は……鑑定をする。

【サトウ（0）】　超良好　2　メタルクロー

メタルクロー……サトウの爪を見れば銀色の金属に変化していた。

「なんだよ、その急成長は……」

「ピッピッ」

「鳴き方は相変わらず可愛いな」

サトウを鞄の中に入れると、隙間から頭を出し辺りを見ていた。大きくなった分、重いな。

キモイが腕から剥がれると、青く侵食していた毒は完全に消えていた。

「キモイ、すまんな。カメレオンはお前の獲物だったのに、サトウが食ってしまった」

「キュイ？」

特に気にしていないようだ。キモイを頭に乗せ振り返ると、ユーシーを含む全員が目を見開きながら俺を見た。

「あー、透明の魔物は俺の魔物たちが討伐したぞ」

しばらく無言が続いた後にユーシーが口を開く。

「そうか。では、先を急ぐとするかね」

他の掃除屋はいろいろ疑問を抱えた顔をしていたが、ユーシーが「さっさと行くよ」と言うと、誰も何も尋ねてはこなかった。

「リツって言ったかしら？　助かったわ。ありがとう」

サビーナはそう言うと先を急いだ。

俺もその後ろをついて歩き出すと、隣に来たユーシーに耳打ちされる。

「数日前までは卵だったのに、魔物は面白いねぇ」

「俺もこいつの生態についてはよく分かっていない」

「報酬の図鑑には必ず含めるように言っておくよ」


ロコス広場の下、スライムのオアシスに到着すると他の掃除屋たちがすでに到着していたので、情報の共有をする。

俺らとサビーナの組以外は魔物や賊とは遭遇しなかったようだ。

「だが、もぬけの殻になっていた場所はいくつかあった。すでに撤退した後だった」

東からここまで向かったエドが言う。どうやら隠し扉があったらしいが、粉砕のスキルを使って部屋を調べてもしばらく使用されていない場所だったようだ。

ため息をつきながらユーシーが言う。

「対処が遅くて逃げられたようだね」

「今回、報酬は出るのか？」

エドが訝しげに尋ねる。

「心配しなくとも役人にちゃんと金は払ってもらうよ。土産はあるからね」

ユーシーが俺を見ながら口角を上げる。

確かに賊の一部とキメラ魔物を含む討伐した魔物は二十体いる。それにユーシーにはあの大型のキメラ狼がいる。

「金払いが悪ければ、領主に直接文句を言いに行くから心配するな」

ユーシーが笑い飛ばす。

下水道から地上に上がる頃には朝日が眩しかった。

アイテムボックスに捕縛していた賊と魔物は騎士に引き渡した。

ユーシーはしっかりと賊と魔物一匹一匹の受け取り証を騎士にその場で作成するように催促していた。一文たりとも掃除ギルドが損をしたくないのが伝わってくる。

騎士たちも街中に出ていた魔物を追いかけたり賊のアジトだと思われる飲み屋を捜索したり、朝まで少ない人員で多事多端だったそうだ。

俺にはこれ以上することがなかったので宿へ戻ると、ローザに安心したように叱られる。

「リツが帰ってこないから、魔物の騒ぎに巻き込まれたんじゃないかと心配したわよ。って、なんでそんなにボロボロなんだい！」

「心配かけてすまん。とりあえず眠りたい」

「無事ならいいさ。食事はどうする？」

「後で、頼む」

重い足で階段を上りベッドへ倒れ込むと、キモイとサトウが背中に乗ってきた。

「あー、気持ちいいが、サトウのその爪、少し痛いからな」

「キュイ！」

「ピッピッ！」

二匹が俺の背中で踊る間、騎士が漏らした話を思い出す。

今回の初動が遅く、やはり肝心なリーダー格の賊には逃げられたようだ。捕まえたのはほとんど下っ端だという。下っ端の供述では急に魔物が言うことを聞かなくなって暴れ始めたという。リーダー格の悪党は価値のある魔物だけを連れてすでに一昨日の時点で街を離れたという。今、そいつらを追うのは難しいということだった。

騎士の怒りはユーシーと同様、役人に向かっていたので、その辺は今後何かお咎めがあるかもしれない。

「ダメだ。眠い」

目を瞑るとすぐに眠りについた。

11　ファレンスへ向けて

魔物の事件は違法魔物取り引き業者事件としてバールの街に知れ渡った。キメラの怪しい実験は領民には公表せず、掃除ギルドにもそのことを触れ回らないよう警告された。

「疲れたな……」

宿に戻り、ベッドに倒れる。

下水道の全ての掃除が終了したのは、違法魔物取り引き業者事件から二週間後のことだった。おかげで街も臭《くさ》くなくなったが……作業量が多かっただけに疲れた。

「キモイ、お前はあれだけ食って平気なのかよ？」

「キュイ？」

水質改善はオアシススライムを利用したから良かったが、その他の汚れの四分の三ほどの掃除はキモイが一匹で担っていた。鑑定すれば超良好なので問題はないだろう。キモイは魔物の討伐でレベルも上がった。

サトウはあれからまた成長して、今では俺の膝下くらいまでの大きさになっている。まだ飛ぶことはできないようだが、食事の量は何倍にもなった。リスタ村である程度の魔物を狩っていたので今はいいが、今後は大変だろうな。大きくなったサトウを隠すことはできず、街に入る時にいなかった鳥の魔物について騎士に訝しげに尋問されそうになった。エドワードのタイピン、それからユーシーが卵を初めから所持していたと証言してくれたおかげで無事に済んだが。ユーシーには嘘の証言をさせてしまったが、本人は「嘘など言っていないだろ？」などと気にしていない様子だった。

「サトウ、飛べるようになったら、ある程度は自分で狩りを覚えろよ」

「クーッ」

俺の太ももにサトウがずっしりと乗り鳴く。

「お前、デカくなりすぎだって」

急成長のせいでもう鞄の中には入れておけない今は肩の上に乗せて移動しているが、重いので結構な重労働だ。

のそのそとキモイが腹に乗り丸くなると、二匹とも動かなくなる。せめて俺の上で寝るのをやめてほしいが、今日は疲れて注意する気力もない。

寝る前にステータスを確認する。

［ヤシロ　リツ］　21歳　上位人族

ＬＶ：　29

HP：80（＋50）
MP：150
ATK：40（＋50）
DEF：20（＋50）
LUK：26

獲得していた10ポイントは全てＭＰに入れた。

不本意だったが違法魔物取り引き業者のせいで正気を失った魔物たちを討伐したおかげで、ステータスは高くなった。

「あー、眠い」

調味料を生成しようとして思いとどまる。こういう日は存在Ａが迷惑な訪問をする可能性が高い。

魔法の粉で撃退して以来見かけてはいないが、念のために魔法の粉を生成してすぐに眠りについた。

◆◆◆

寝返りをしながら目を開くと、そこは見覚えのある白い空間だった。

「は？」

急いで立ち上がり辺りを確認する。ＡＴＭはないものの、ここは異世界に送られる前にいた場所だ。

どうなっている……夢か？

存在Ａに会う直前にはいつも今のような気持ちの悪い違和感がする。今回も奴の仕業だろうな。

「おい！　どうせ、いるんだろ！　隠れていないで出てきやがれよ！」

俺の声が白い空間の中をエコーする。

何度か叫ぶが、返事はない。

「一体なんなんだよ」

ため息をつくと、低い声が耳の側で聞こえた。

「威勢がいいな。叫ばずとも聞こえている」

驚きながら振り返れば、白いローブに包まれた老人が立っていた。その顔立ちは存在Ａのように日本顔だが、瞳は吸い込まれそうな金色だった。

誰だ、こいつ。

存在Ａに似た雰囲気の老人が口を開く。

「座って話をしようじゃないか」

「は？　座る？」

座る場所といえば硬そうな床しかないが……。

すると、老人の隣に豪華な椅子とテーブルが突如現れた。

「さ、座ってくれ」

軽く微笑みながら老人が手を差し出すと、勝手に椅子に移動させられ座らされていた。

「ど、どうなっている？」

「すまないね。実はそんなに時間がないので話を進めていいか？」

目の前に座った老人を訝しげに睨む。

「……名乗りもしないつもりか」

「私に名はないが……リツ、君を手助けしている者だ」

老人の手からは見たことのある金色の砂が溢れ出す。

「その砂……あいつから助けてくれた人なのか？」

「正解だ。君に最初にスキルを与えたのも私だ」

「あのＡＴＭか？」

「ああ、以前に君の世界で見たことがあったからな」

以前っていつの話だ……？

「スキルを与えてくれたことには感謝している」

たとえＡＴＭの不具合で『調味料』を選んだのだとしても、結果的に調味料を選んだことで存在Ａに殺されず今も生きている。

「あれがまさか異世界から魂を持ってくるとは思わずな。君とそれからもう一人の彼女には、本心から申し訳ないと思っている」

沈んだ顔で言う老人に尋ねる。

「もう一人はどうなっている」

「あの時は一人しか助けることができず、適性のある魂を選んだ」

「適性……？」

「私が与える力により耐えられる魂だ」

力を与える……そんな話をするのなら――

「……あんたは神なのか？」

「君の世界では神……と言われる存在だろうな。正確にはこの世界を創造した者だ」

俺が落とされた世界、ラーディラの創造主ということか？　これも存在Ａの新手の嫌がらせかもと頭をよぎったが――老人が続ける。

「リツの思っていることを当てよう。私もあれの仲間だと思っているだろう」

「そう思わざるを得ないだろ」

独特な雰囲気だけでなく、顔のつくりも似ている。

「私はあれではないが、あれは私の一部なのは確かだ」

「それはどういう意味だ」

「ふむ――」

老人に説明されたのは、創造主は気が遠くなるくらい寿命が長いが不死身ではないという。存在が消えてしまう日に備え、自分の一部から後継者を作るという。それは子供のような存在で、熟すまで長年かけ育てるそうだ。そして、この老人の後継者は存在Ａだという。

「失敗してるじゃねぇか！」

思わず老人に突っ込んでしまう。

「まさかあれが邪神にそそのかされるとは思わずな。私の責任ではある」

存在Ａはこの老人の後継者と邪神の融合体だという。邪神は神とついているが、創造主が光としたら、闇の部分を受け持つ存在だという。だから存在Ａの声が二重に聞こえ、自身のことを『僕ら』と言っていたのか。

「状況は理解したが、創造主ならすぐに解決できる話ではないのか？」

「それがそうも行かない。確かに私はこの世界を創造したが、私が直接この世界の理《ことわり》に触れれば、それはラーディラの破滅を意味する」

「すでに後継者がクソみたいに理に触れまくっているだろ。それは都合良く無視か？」

今までの存在Ａからの迷惑行為を思い出しながら、吐き捨てるように老人に言葉をぶつける。

老人は黙って俺の言葉を聞いた後に言う。

「リツの言うことはもっともである。直接手は下せないが、何事にも抜け道はある」

「……魔法の粉か？」

「そうだ。それにリツの身体はあれに対抗できるよう強く作っている」

「そうなのか？」

「あれに首を絞められたのに、折れなかったであろう？　その身体はちょっとやそっとのことでは死なない」

確かに存在Ａにもあの文字化けゴブリンジェネラルにもぶっ飛ばされたが、その割には軽傷で済んだ。

「それは、感謝する」

「そこで、本題なのだが……リツにあれを邪神から解放してほしい。このまま行けば、近い将来ラーディラが消滅してしまう。邪神は破壊を楽しむ存在だ」

存在Aにはほとほと迷惑をしていたので、その問題を解決するのはやぶさかではない。だが、腑に落ちない。

「なぜそれを俺に頼む？　身体が奴の攻撃に耐えられるからといって、俺自身に格別に力があるわけではない」

実際レベルも高いわけでなく、攻撃は風魔法と剣くらいだ。

「レベルを50まで上げれば分かる。その身体はあの邪神に打ち勝つ力がある。心配するでない。それにもう一人も上手くいけば救えるかもしれない」

「どういう意味だ――おい！」

老人の姿が少しずつ透明化していくのに驚きながら席を立つ。

「時間のようだ」

「まだ話は終わっていないぞ」

「また時が来れば会える。これを持っておけ」

老人の手元から飛んできた金の紐が人差し指に巻きつくと、波の模様がついた金の指輪に変わる。

「なんだよこれ、勝手に――」

「あれの解放の件、受けてくれるな？」

「は？　いや――」

「頼んだぞ――」

そう言い残し老人が消えると同時に、ベッドの上で目が覚める。人差し指を確認すれば金の指輪がキラリと光る。

「やっぱり夢じゃなかったか。人の話を聞かなさすぎだろ」

俺は存在Ａの討伐を了承したわけではないが、結果的にあいつをどうにかしなければならないのは理解している。

まず、存在Ａの討伐の仕方を教えろよ……。

それにレベル50になったら何が起こるかだけでも説明する時間はあっただろ。ＡＴＭやステータスといい……あの創造主、不親切すぎるだろ。

人差し指に光る指輪に文句を言ってやろうとすれば、キモイが勢い良く腹に飛び乗る。

「キュイ！」

「オエッ」

キモイの不意打ちに変な声が出る。

腹の上で飛び跳ねる、ツルツルしたキモイの頭を掴む。

「キモイ、お前な……頼むから朝一にそれをやるのはやめろ」

　今日は掃除ギルドで朝早くからユーシーと待ち合わせをしている。準備をしてキモイとサトウに餌をやる。サトウは下水道にいた鼠くらいの大きさのものなら丸飲みできるようになっていた。

　鳥の生態は知らないが、どうやら吸収しなかった餌は吐き出すようだ。床に落ちているグロい鼠のミイラを確認して回収するのが朝の日課になっている。

「今日はないな」

　食堂へ向かい、ローザに挨拶をする。

「あら、今日は早いのね。ずっと掃除の仕事が忙しそうだったから、今日はゆっくりすると思っていたわ」

「今日は掃除ギルドに呼ばれているからな」

「そうかい、朝食は食べていくでしょ？」

「ああ、頼む」

　食堂にはまだ誰も下りてきていないようで、一人静かに——

「キュー！」

「ピーッ」

　二匹が何か揉めていると思ったら、床に落ちた小さな豆をどちらが食うかで争っていた。

「お前らさっき餌を食ったばかりだろ」

　他の宿泊客が食堂に下りてくる前に急いでスープとパンを口にかき込み、掃除ギルドに向かうために宿を後にした。

早朝から頭にはキモイ、肩にはサトウを乗せ街中を移動……目立つな。

行き交う人たちからは俺たちを警戒する視線も感じたが、数人からは下水道の掃除を感謝する声がけをされた。キモイの掃除力の噂はそれなりに広まっているようで、下水道が短期間で掃除された話は、今一番の噂になっているとローザが教えてくれた。下水道の掃除は大変だったが、こうやって感謝されるのも悪くない。

掃除ギルドへ到着、待ち合わせをしていたユーシーの執務室へと向かう。

「リツ、時間通りだね」

「ああ」

「メタル・ハーピーイーグルだったか？　また大きくなったのじゃないかい？　頼まれていた魔物の図鑑だよ」

ユーシーの伝手から写してもらったメタル・ハーピーイーグルやスライムの情報が載った魔物の図鑑を受け取る。これは今回、違法魔物取り引き業者の討伐に助力した報酬の一部だ。

図鑑を数ページ確認、頼んでいたメタル・ハーピーイーグルを含めた魔物の情報がかなり詳しく書かれている。本来これは金貨五枚するだけでなく、一般人には出回っていないとユーシーが口角を上げながら説明する。

「これは助かる。感謝する」

「変わった報酬だが、これからその二匹とともに歩むのだから、そういう情報は必須だな。それじゃ、次はこっちだ」

　ずっしりとした麻袋を二つ渡される。

「重たいな」

「一つは違法魔物業者の討伐、もう一つは下水道の掃除の報酬だ」

　確認すると金貨十枚と金貨三十枚が入っていた。金貨十枚には孤児院の賊の分も含まれていた。もう一つの麻袋の金貨三十枚が下水道の掃除代だという。

「掃除代、多すぎないか？」

「馬鹿言え、あの状態の下水道の大部分を一人で掃除したのだよ。本来なら数カ月かかる内容の仕事だ」

「そういう話なら遠慮なくいただく」

「あと、これも持っていけ」

　ユーシーが金属のカードのようなものと手紙を投げてくる。見れば掃除ギルドの登録証だった。俺の名前の下には、大きく優良と刻んであった。この表示はギルド長から仕事の信頼を得た者だけに与えられるという。今後、別の掃除ギルドでも高額な仕事の依頼を優先的にくれるらしい。儲かりものだな。

　手紙はファレンスのギルド長への紹介状だという。

「ギルド長、感謝する」

「身分証の期限は半年後だよ。その後に優良でいられるかはリツ次第だよ。せいぜいその間にいい仕事をこなしな」

　試用期間の一カ月後に発行される身分証は一カ月有効のものだが、ユーシーが優良判定をしてくれたおかげで期限が六カ月の身分証が発行されたという。儲けたな。

「分かった」

「それで出発はいつだい？」

「数日後だな」

「やっぱり、この街に残らないか？」

「いや、俺もやらないといけないことがある」

　正直、この街は嫌いではない。変な奴もいたが、大まか住みやすい街だと思う。だが、存在Aのこともあるし、どうせならいろんな街や場所を旅してみたいと思っている。

「そうかい……残念だね。しかし、ファレンスかい。あそこは海の魔物が危ないから気をつけな」

「ああ」

　ファレンスの街についてはある程度旅人や冒険者に聞き込みをしたので港町だということは知っていた。

「これをあげるよ」

　ユーシーからファレンスの街の地図を受け取る。地図は誰に聞いてもなかったので、素直に嬉しい。

「いいのか？　助かる」

「要領良くやんだよ」

「キュイ！」

「ピッピッ！」

なぜかキモイとサトウがユーシーに返事をする。

「この子たちがいなくなるのは寂しいね」

「またいつか訪れる。それまで元気に生きていてくれよ」

「よく言うわ！　あたしも婆さんだからね、早くしないといつ死ぬか分からないよ」

「できるだけ時間は空けないようにする」

「そうしておくれ。話は以上だよ。気をつけて旅するんだよ」

「ああ、元気でな」

そう言い残し、掃除ギルドを後にした。

掃除ギルドから出て、目指したのはコード商会、フェリペの勤める店だ。

ちょうど店の前にいたフェリペに手を振る。

「リツさん！　今からローザの宿に向かおうとしていたところでした」

「そうなのか？」

「ああ、リスタ村から昨日戻ったのですが、リツさん宛てに手紙を預かっています」

渡されたのは、カーター家からの手紙とマチルダからの手紙だった。

カーターからはリスタの復興が順調なことと、領主の補助金のおかげで新しく村に移住する家族が数組決まりそうだという内容だった。ジョスリンからの手紙も五枚ほどあり、日々の出来事が淡々と書いてあった。これは後で読もう。

マチルダの手紙は、ライリーたちがついにポーションを手に入れたのでリスタ村へ向かっているという内容だった。予想より時間がかかったが、四肢をも生やすというポーションが手に入ったようで良かった。

「フェリペ、手紙を届けてくれてありがとう」

「いえいえ、仕事ですから。返事はどうします？」

「書かせてもらう」

カーター家とマチルダに手紙を書き、配達費用として一通銅貨三枚をフェリペに払う。

「確かにお預かりしました」

「よろしく頼む」

「はい。それはそうと掃除ギルドでのご活躍、聞きましたよ」

「あー、いや……」

「その肩の鳥の魔物にしても、二匹に懐かれている人間なんて見たことがないですよ。リッツさんはなんとも面白い御仁だ」

答えようがなく、苦笑いしながら言う。

「まー、成り行きで……な」

「分かりました。それと、もし良ければあの赤い粉をまた取り引きさせてほしい」

ハバネロパウダーはファレンスの街に売りに行った商人によると好評だったという。

「小袋三つなら今ある」

銀貨三枚で取り引きをした後、フェリペに数日後にファレンスに向かうことを伝える。

「ファレンスにもコード商会がありますので、メリダという者に私の名前を出しこちらをお持ちになってまた取り引きしていただければ嬉しいです」

そう言ってコード商会の名前が入ったメダルを渡される。メリダとはフェリペの妹だという。

「ああ、そうする」

その後、フェリペの案内でコード商会の店内を見て回る。保存食が多いが食品から服まで揃っている。コード商会の目玉商品はどうやら革製品のようだ。いろんな革製品が並べてある。

アーモンドバターや旅に使えそうな食器、それからフォレストフロッグの皮で作られた靴とスモールディアという肌触りのいい手袋を購入する。銀貨九枚と少し奮発したが、購入した物には満足している。

「ありがとうございました」

「それじゃ」

「またお会いする機会があるまで」

フェリペと別れ宿へと戻る。

◆　◆　◆

出発の日、早く起き準備をしてローザの宿での最後の朝食を取る。

出発前にローザとカリナに挨拶をする。

「世話になった」

「なんだかあっという間だったねぇ」

「せっかくちょっとキモイちゃんとお友達になれたのに、残念」

カリナが口を尖らせながら言う。

「ああ、そうだ。これ、調味料だ。もし良かったらガイに渡してくれ」

「あら、こんなにいいのかい？　あの人、昨日飲みすぎて今は二日酔いでベッドの住人よ」

「昨日はガイに飲み代を奢《おご》ってもらったからな。その礼だ」

昨晩はこの街で最後の夜だからと、ガイとその仲間で飲み明かした。俺も今朝の自分の酒臭《くさ》さには気分が悪くなった。治療のおかげで今は平気だが。

キモイが頭に乗り、サトウが肩に乗ると軽く二人に手を振る。

「またこの街に来た時にはここに泊まりに来る」

「ファレンスまで気をつけて旅をするんだよ」

「ああ」

ローザの宿を後にして、予約していた乗り合い馬車がある門の近くまで向かえば、サリーとレイモンが俺を待っていた。

「二人ともどうした」

「レイモンが最後の挨拶に行きたいと。掃除ギルドに聞いたら、今日のこの時間に出発されると」

「見送りに来てくれたのか」

レイモンの襟元から、少し成長した蛇が顔を出す。

「助けてくれたお礼に、匂い袋をあげるにゃ。お守りみたいなものにゃ」

小さな麻袋を押しつけるように渡される。

「そうか。ありがとうな。元気に過ごせよ。蛇もな」

「名前はミミちゃんだにゃ」

「ああ、ミミちゃんもな。ああ、そうだ。これはお前に会ったら渡そうと思っていたものだ」

懐から取るふりをして、アイテムボックスから魔物図鑑にあったジュエリースネークのことを書き写した紙をレイモンに渡す。

「おじちゃん、ありがとにゃ」

「せめてお兄さんで頼む」

二人に別れを告げ、ファレンス向けの乗り合い馬車に乗る。

馬車の席はある程度埋まっていたが、どうやら誰も俺の隣に座りたくないようだ。

スライムとメタル・ハーピーイーグルを連れている隣だ。そりゃ、そうか。

馬車が出発、徐々にバールの街を離れていく。

レイモンにもらった匂い袋を開けると、ルビーが入っていた。

「あいつ……」

お守りとして胸元に匂い袋を入れる。

周りの視線を避けるように目を瞑ると、創造主から頼まれていた難題を思い出す。あれから一言もないが……今のレベルは29だ。創造主の50になれば分かるという数字まであと21もレベルアップが必要だ。

魔物図鑑には、ファレンスに生息するという海の魔物も多く記してあった。レベルを上げるには魔物を倒すしかない。

レベルといえば、調味料のバーがもうすぐ上がる位置まで来ている。対存在Aのために魔法の粉を数回生成した分は通常の調味料のバーには反映されないが、個別のバーが半分ほど上がっていた。前回の新調味料は酢だったが、今度こそ醤油を頼む！

創造主にその辺のことも頼んでおけば良かったな。

だが、あの適当な感じ……次の調味料は何か予想もできないな。

頭から降りてきたキモイが膝の上に乗り、上目遣いをする。

「キュイ？」

「なんだ？　腹が空いたのか」

ビシッとキモイが手を上げると、サトウが甘えたように鳴く。

「ピーッ」

「おいおい、お前もか？　出発したばっかりだぞ！」

笑いながら二匹に干し肉を与える。

次の街はファレンス。どんな街なのか今から楽しみだ。

異世界ゆるり紀行
～子育てしながら冒険者します～
1~16
水無月静琉
Minazuki Shizuru
シリーズ累計
123万部
(電子含む)
突破!!
2024年7月7日～
TVアニメ
放送開始!!
(テレ東・BSテレ東ほか)
1～16巻
好評発売中!
コミックス
1～9巻
好評発売中!
異世界ゆるり紀行 ～子育てしながら冒険者します～
水無月静琉
転生したら、双子を保護しました。
子連れ冒険者の異世界のんびりファンタジー!
特別賞受賞作!
子連れ冒険者の
のんびりファンタジー!
神様のミスで命を落とし、転生した茅野巧。様々なスキルを授かり異世界に送られると、そこは魔物が蠢く森の中だった。タクミはその森で双子と思しき幼い男女の子供を発見し、アレン、エレナと名づけて保護する。アレンとエレナの成長を見守りながらの、のんびり冒険者生活がスタートする!
◉16巻 定価:1430円(10%税込)
1~15巻 各定価:1320円(10%税込)
◉Illustration:やまかわ
異世界ゆるり紀行 ～子育てしながら冒険者します～
水無月静琉
みずなともみ
1
転生したら、幼い双子を保護しました。
シリーズ累計
15万部!!
子連れ冒険者の異世界のんびりファンタジー、コミカライズ開幕
◉9巻 定価:770円(10%税込)
1~8巻 各定価:748円(10%税込)
◉漫画:みずなともみ

月が導く異世界道中
Tsukiga Michibiku Isekai Dochu
あずみ圭
Azumi Kei
1~20
8.5
シリーズ累計 420万部の超人気作!

(電子含む)

TVアニメ第3期制作決定!!

1~20巻好評発売中!!

コミックス1~14巻好評発売中!

illustration:マツモトミツアキ
異世界へと召喚された平凡な高校生、深澄真。彼は女神に「顔が不細工」と罵られ、問答無用で最果ての荒野に飛ばされてしまう。人の温もりを求めて彷徨う真だが、仲間になった美女達は、元竜と元蜘蛛!?とことん不運、されどチートな真の異世界珍道中が始まった!
▶3期までに◀
原作シリーズもチェック!
漫画：木野コトラ【B6判】
20巻 定価:1430円(10%税込)
1~19巻 各定価:1320円(10%税込)
14巻 定価:770円(10%税込)
1~13巻 各定価:748円(10%税込)

神様の手違いで命を落とした、会社員の佐《さ》鳥《とり》冬《とう》夜《や》。十歳の少年・トーヤとして異世界に転生させてもらったものの、ファンタジーに関する知識は、ほぼゼロ。転生早々、先行き不安なトーヤだったが、幸運にも腕利き冒険者パーティに拾われ、活気あふれる街・ラクセーナに辿り着いた。その街で過ごすうちに、神様から授かったお詫びギフトが無限に進化する規格外スキルだと判明する。悪徳詐欺師のたくらみを暴いたり、秘密の洞窟を見つけたり、気づけばトーヤは無自覚チートで大活躍!? ファンタジーを知らない少年の新感覚・異世界ライフ!

●2巻 定価:1430円(10%税込)/1巻 定価:1320円(10%税込) ●Illustration:たく

この作品に対する皆様のご意見・ご感想をお待ちしております。

おハガキ・お手紙は以下の宛先にお送りください。

【宛先】

〒150-6019 東京都渋谷区恵比寿4-20-3 恵比寿ｶﾞｰﾃﾞﾝﾌﾟﾚｲｽﾀﾜｰ 19F
（株）アルファポリス　書籍感想係

メールフォームでのご意見・ご感想は右のＱＲコードから、
あるいは以下のワードで検索をかけてください。

アルファポリス　書籍の感想　検索

ご感想はこちらから

本書はWebサイト「アルファポリス」（https://www.alphapolis.co.jp/）に投稿されたものを、改稿、加筆のうえ、書籍化したものです。

スキル調味料《ちょうみりょう》は意外《いがい》と使《つか》える２

トロ猫（とろねこ）

2024年7月30日初版発行

編集－佐藤晶深・芦田尚
編集長－太田鉄平
発行者－梶本雄介
発行所－株式会社アルファポリス
〒150-6019 東京都渋谷区恵比寿4-20-3 恵比寿ｶﾞｰﾃﾞﾝﾌﾟﾚｲｽﾀﾜｰ19F
TEL 03-6277-1601（営業）　03-6277-1602（編集）
URL https://www.alphapolis.co.jp/
発売元－株式会社星雲社（共同出版社・流通責任出版社）
〒112-0005 東京都文京区水道1-3-30
TEL 03-3868-3275
装丁・本文イラスト－星夕
装丁デザイン－AFTERGLOW
印刷－中央精版印刷株式会社

価格はカバーに表示されてあります。

落丁乱丁の場合はアルファポリスまでご連絡ください。

送料は小社負担でお取り替えします。


ISBN978-4-434-34190-8 C0093